庫

良いおっぱい 悪いおっぱい

〔完全版〕

伊藤比呂美

中央公論新社

はじめに

伊藤比呂美です。二五年前に書いた『良いおっぱい 悪いおっぱい』という本、冬樹社から出て版を重ね、やがて集英社文庫になりましたが、なにしろムカシの話です、その後は長らく絶版になってました。それをこのたび奇特にも中公文庫がまた文庫に入れてくれようという。

実は気になる箇所がいくつもありました。出しちゃった本は読み返さないくせが災いして、それに気がついたのは、ついこないだです。あんまりにも無防備に考えなしに人への配慮をせずに書いてるので、あっけにとられたくらいです。それ以来、機会があれば訂正したいと、ヒソカに欲望しつづけていたのであります。

そこにやってきた千載一遇のこの好機。全体をじっくりと読み返してみれば、気になる箇所以外は、今のわたしの意識からさして変わりません。三つ子の魂百までとはよく言ったものとわたしは感心しました。文体は、今のわたしの文体に酷似していながら、目をつぶって疾駆してるようなスピードがあり、夢を見てるような自由さにみちみちていました。たぶんお肌はぴちぴちで、乳房はもりあがり、乳首は上向きで、膣《ちつ》からは毎月洪水のような経血がほとばしっていたんです。経血や垂れてない乳房はなつかしいけど、おばさんである今のほうが何につけてもおもしろく生きられるので、あの頃に戻りたいとはさらさら思いません。でもあの文体のスピードと自由さは、もう一度取り戻してみたいとふと思いました。しかしなおも読み込めばあちこちに、若いわたしのいかにもな未熟さや生硬さや無謀さが見え隠れしておる。なんだかまるでうちのカノコ（ムスメです）としゃべっているようでもある。一九八五年当時の世相もまた今とはちがう。いっそ今のわたしの視点で、今どきの読者向けにぞっくり書き換えちまおうかと思ったんですが、今のわたしは更年期で、産むことより死ぬことのほうが興味があるし、若かったわたしが若い読者に向けて書いたからこその意義もあったろうし、現実にもときどきカノコ（ムスメです）のほうがわたし（母です）よりかしこくてイキイキしていておもしろいかもと思える瞬間がないわけでもない。だいたい二五年前の自分を抹殺してしまったら、今の自分がなくなってしまうではないか。

あ、それはいや。

というわけで気になっていた箇所だけを書き直して書き足しました。いやはやまるで「ターミネーター」のような作業でありました。「ターミネーター」、知ってます？　未来から抹殺《ターミネート》しにやってくる。シュワルツェネッガーが不死身です。で、わたしはターミネーターであり、それにねらわれるほうでもあり、一人二役で大忙しでした。

裏話をひとつしましょう。

この本はまったくの書き下ろし、担当は、冬樹社の角田健司、ニューアカな理論で頭がいっぱいだった若い編集者でした。

わたしも若かったけど、彼はさらに若く、わたしも女子中学生みたいな女だったけど、彼もまた男子小学生みたいなノリの男でした。妙に気が合いました。何か書いてよと言うから、経験したばかりの妊娠と出産と授乳についてなら書けると言ったら、おお、オレはわかんないけど、いいかもよ、それと言われ、わたしは書き始めたわけです。各章末についてるQ&Aのすっとんきょうな Q は、たいてい妊娠なんて対岸の火事でしかない興味本位の彼から出てきました。それに自分の経験しか知らないわたしがひたすら主観で答えつづけたわけです。

まさにその頃、出始めだったワープロが、まだ高価だけれど買えない値段じゃないところまで値下がりし、わたしたちの家庭では夫が就職して日々の経済がやや豊かになっておりました。そこである日、近所の電器屋に電球を買いに行ったわれわれは、NECの「文豪」という機械を名前につられて衝動買いしてしまったのであります!

タイプライターもさわったことがないわたしが、おそるおそるキイを打ちはじめました。最初はもたもたしてましたけど、窮すれば通ずで、みるみる慣れました。そしたら、しゃべるのと同じ速度で書けるということに気づきました。書いたものは客観的に俯瞰できることにも気づきました。推敲が徹底的にできるようになりました。

この本を書き始めたのは、その頃です。書いてるうちにどんどん自由になり、ことばが走り出し、手にのりうつり、手から画面にのりうつり、わたしを連れてってくれるような気がしました、ずっと行きたかったけど行けなかった場所、ずっとしたかったけど、することなんか思いも寄らなかった表現に。

今現在使っているコンピュータから見れば、当時の「文豪」は、文豪とは名ばかりで、遅く、とろくて、何にもできず、すぐ忘れ、忘れるとけっして思い出さず、われわれはあきらめるしかなく、小学生が知ってるくらいの漢字しか知らないので、空けておいてあとで書き足さないといけませんでした。保存するフロッピーディスクはCDより大きくてへろへろで、風が吹いても壊れました。それでもわたしは思いっきり自由になり、猛禽類の羽をしょって大空を飛びまわる心持ちで、書きなぐりつづけました、最後の一字まで。

目次

良いおっぱい 悪いおっぱい〔完全版〕

イラスト　伊藤比呂美

妊娠編

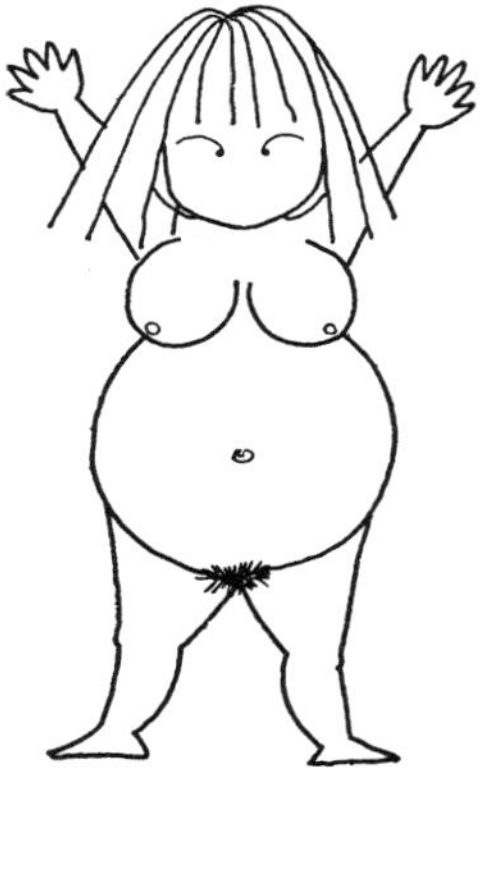

1　妊娠期間中の胎児のおおざっぱな成長の過程あるいはわたしはどのように胎児をウンコだと確認していったか

妊娠〇—三週

まだ月経の最中か、今性交をしているところか、たった今受精したところか、です。胎児なんてものじゃありません。

妊娠四—七週

妊娠がわかります。TVドラマなどでその存在を強調されるツワリ*も感じはじめます。胎児は、身長二・五cm体重三gだそうですが、もちろんおなかの中にいるもいないもない、いるかいないかもわからない。おおかたの中絶はこの時期におこなわれます。

妊娠八—一一週

胎児は身長九cm、体重二〇gだそうですが、相変わらずいるかいないかわかりません。前の時期に続いてよく中絶のおこなわれる時期。いるかいないかわからないのに

妊娠一二―一五週

母体は少しずつ太ってきます。

胎児は身長一五㎝、体重一〇〇gだそうですが、やっぱりいるかいないかわかりません。しかし、おなかはふくらんできます。ツワリは、この時期になるとかなりおさまってきます。

妊娠一六―一九週

いるかいないかわからなかったのが、この時期になるとたしかに何かがおなかの中にあるような気になってきます。つまり母体が、胎動を感じはじめるのです。わたしの場合、一九週で胎動を感じました。最終月経のわからない人は、この胎動を初めて感じた日から何日と数えて、予定日が出せるそうです。で、その胎動ですが、腸に近いところでの不随意的な動きです。つまり、ぴくぴく、ぐるぐる、ぐりっぐりっ、ぐるるるるといった、何かが動く、動くものといったら生命体ですが、それはどうも猫とかアカンボとかいった高等生物というよりも、も

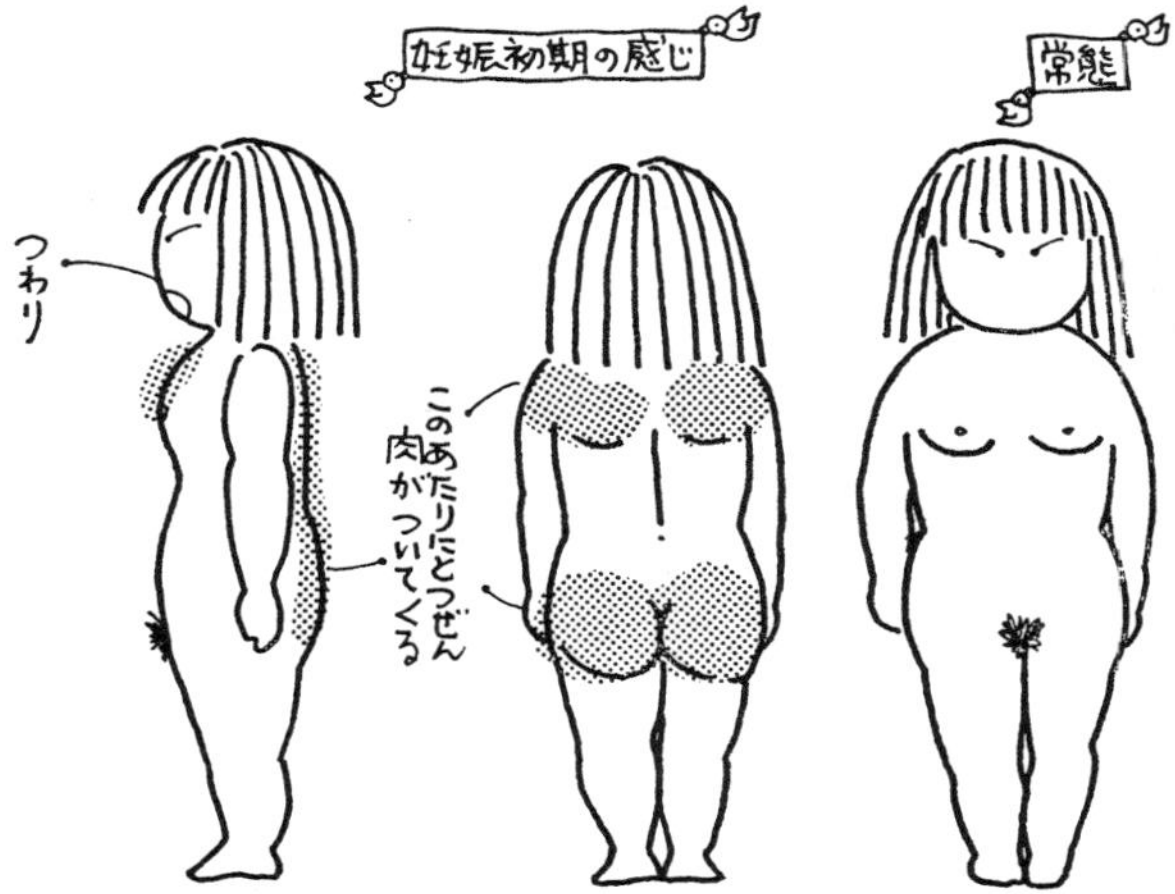
妊娠初期の感じ
常態
つわり
このあたりにとつぜん肉がついてくる

っと下等なぐちゃぐちゃしたものを想像させ、いやむしろ腸の近くですから、われわれがすでによく知っているウンコ、排便、とくに下痢のための腸の蠕動《ぜんどう》を連想するわけです。ウンコ、もとい胎児は二〇—二五cm、二五〇gぐらいだそうです。

妊娠二〇—二三週

そういうわけで、前の時期にはじまった蠕動、もとい胎動を、ますますはっきりとたえまなく感じつづけます。身長三〇—三四cm、六〇〇gだそうですが、母体の体重*はそんなもんじゃなく増えています。

妊娠二四—二七週

この時期に生まれてもなんとか育つそうなので、母体としてはデッドラインをこえたような感じでほっとしています。

妊娠二八—三一週

四〇cm、一・五kg。もう蠕動なんてもんじゃなく、手は突き出す、足は蹴《け》り出す、頭突きはする、しゃっくりはするでおなかの中はたいへんです。しかもそれは胎児が生きている証拠みたいなものですから、一日中自分の呼吸と同じくらいついてまわります。万が一動かなくなったら死んでしまったわけで、もっとたいへんです。

妊娠三二―三五週

四五cm、二kgより上。

妊娠三六―三九週

五〇cm、三・一kg、さあ生まれろさあ生まれろ早く生まれろしか母体は考えない。

妊娠四〇週―

産みたい産みたい産みたい産みたい産みたいしか母体は考えない。

＊ツワリ…人によって違います。まったく感じない、何も食べられなくなる、食べ物の好みが変わる、つねに吐き気がする、吐きやすくなる、基本的には、胃炎に似た症状です。

＊母体の体重…一例をあげます。

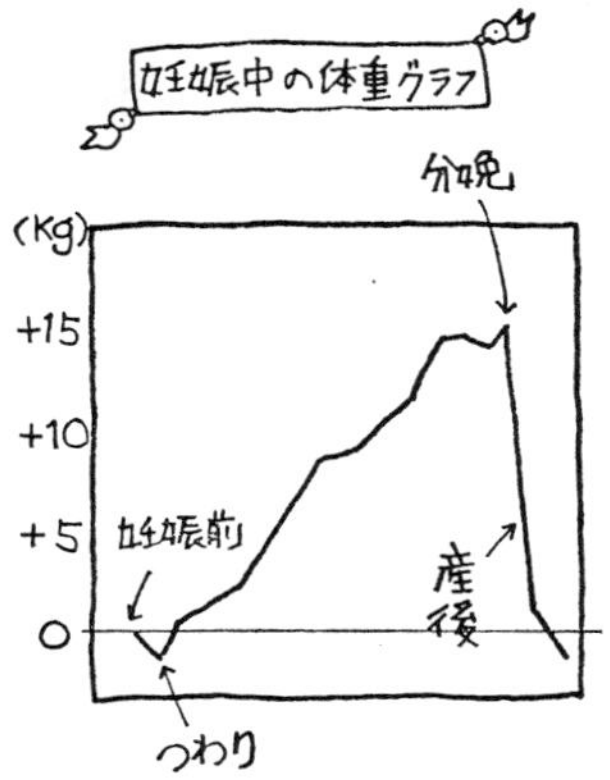

2 わたしはどのようにして下半身に意識を集中させていったか

a 娩出の瞬間

これが、妊娠出産の全過程における最大のイベントと申せましょう。つまりここに九カ月のすべての努力が集結し、これからえんえんとつづく育児がここから始まるのです。その上、毎日の排便でさえあんなにさっぱりとするものなのに、一回分の便の数倍数十倍の量のものが、出る場所こそ違え、出てくるのですから、その時の感覚を想像するとさぞや気持ちのいいものなのだろうと推測してしまうわけです。

おまけに出すというのははじめてですが、入れるというのは、これはもうしょっちゅうやっておる。とくに妊娠出産を現実に体験しつつあるものにとっては、入れるというのは、妊娠出産のすべてのおおもとなわけですから、あのときこういうふうに入れたとか、あの日にこう入れてあの日にはこう入れたがたぶんそのへんがあたったのだとか、いろいろとなつかしく思い出され、つまり

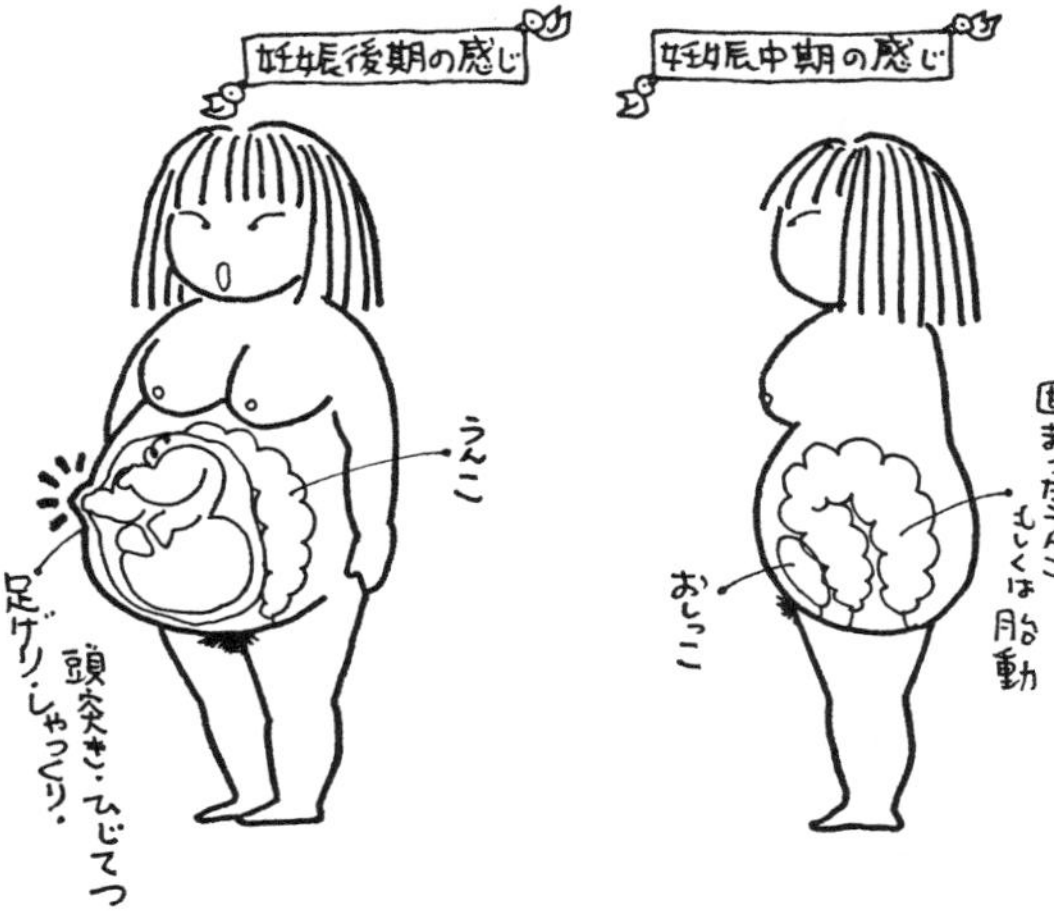
妊娠後期の感じ
うんこ
頭突き・ひじてつ
足ゲリ・しゃっくり・
妊娠中期の感じ
固まったうんこ
もしくは
胎動
おしっこ

妊娠して出産を経験するとたちまち、セックスというのは、とてもあたりまえなものに価値転換するわけです。

ところが、たいていの男のペニスというのは、アカンボのあたまほど大きくない。ところがこれからわたしが出そうとしているものは、まさにアカンボのあたまで、ほぼ五〇cm、三kgのものが出てくる予定になっています。そういえば以前、ある雑誌でフィストファックというのを見ましたが、ちいさめのアカンボならばあの程度なわけで、入れるだけであのように大さわぎするのに、アカンボは出てくるのです。これはさぞ悲惨な目にあうか、ものすごくイイかのどっちかではないか、とわたしは考えた。そして興味は、アカンボの出てくる、ヴァギナに集中していきます。

しかし、『水中出産』とか『生まれる』（八八ページ参照）などにのっている娩出《べんしゅつ》の瞬間の写真を見ると、産婦たちは高揚し上気し真剣で必死です。その姿は、セックスのときのオーガズムにちょっと似ていて、また実際、オーガズムのときのような表情をするとか、上気して観音《かんのん》さまのようないい顔になるとか、お産に関する本には書いてある。ここだけの話ですが、わたしは妊娠中、このテの、娩出の瞬間の写真を見ながら何度もマスタベーションしました。

b　頻尿

妊娠中は初期から後期にいたるまで、しつこく、催す尿意に悩まされます。そのわたしは非妊娠時はとにかく人も驚くほどおしっこが遠いのですが、そのわたしにしてからが、人もあきれるほど、しょっちゅうトイレに通うようになりました。これは大きくなった子宮が膀胱を圧迫するせいで、考えてみればあたりまえのことです。

母親学級とか安産学級*とかで、妊婦が大量に集まると、当然、全員が頻尿です。妊婦というのは動作が緩慢なもので、そののろのろした、おなかの出た集団が、ずるずるとトイレに通うようすはたいへんおしっこっぽいものです。

しかし頻尿が九カ月も続けば、当然、膀胱炎になりかけたこともあります。妊婦は大きいパンツを重ねてはいた上にタイツやらハラオビやらガードルやらクツシタやらを重ねることを、助産婦*や母親や近所のおばさんたちや姑や先輩の妊婦たちから強要されますが、その理由の一端は膀胱炎の予防にもあるのでしょう。わたしがなりかけたときも、助産婦や母親や近所のおばさんたちからハラオビをしてパンツをもっとはけと指示されて、事なきをえました。

頻尿がなぜ苦しいかというと、大きいおなかがじゃまになり、トイレにしゃがみあとを紙でふいて、といった行為がしづらいのです。とくに和式のトイレ*だと全身圧迫されるような感じでやりきれません。その上妊婦はパンツやタイツやガードルやストッキングやとにかくいっぱい重ねていて、あげおろしに手間がかかります。

＊母親学級、安産学級…お産の仕組み、妊娠中の栄養のとり方、妊娠中の注意、新生児の扱い方、準備しておく衣類などを教わるのが母親学級、お産の時の呼吸法、リラックスのしかたなどを教わるのが安産学級。

＊助産婦…この本が最初に出た当時は助産婦またはお産婆さんと呼ばれていたのですが、最近は「助産師」というのが正式名称。

＊和式トイレ…おお、こんなところにも時代の隔たりが！　今どきトイレは、たいてい腰かけ式で、たいてい洗浄機能つきです。痔《じ》になりやすい妊婦のためにはたいへんな進

歩です。

C　便秘

さて、頻尿が日常化したころ、便秘というあらたなトラブルがあらわれてきます。そうでなくても、どういうわけか女には便秘が多い。二日にいっぺん、三日にいっぺん、なんていうのは、妊娠していなくてもざらなわけです。そこに妊娠という、運動量のへる、食べ物の偏る、まだ何か生理的に便秘になりやすい理由があるのかもしれませんが、とにかくあっちでも便秘、こっちでも便秘、妊婦が三人寄れば便秘の話が始まるという状況になってきます。その上、どういうわけか妊婦は貧血です。そうでなくても女には貧血が多いのに、胎児の分も血を供給しなければならないし、自分のからだも膨張して今までより多くの血が必要になるしで、ますます貧血が多くなっていきます。

妊婦が必ず受けることになる、言いかえれば、おカミが金を出して受けさせてくれる検査の中に、貧血の検査はしっかり入っています。それほど重要なことらしい。聞いた話では、貧血だと、微弱陣痛*が多くなるんですと。微弱陣痛はわたしもやったのですが、たんに陣痛が弱くなって楽ができる、と考えるのは大きなまちがいで、弱いのがいつまでも続いて終わりませんから、とにかくそれは回避するべきです。

まあ、そういうことで、貧血であるとなれば「鉄剤」を飲むように医者から言われるわけです。その鉄剤というのが、うすきみわるい薬でして、なにがうすきみわるいかというと、ウンコの色がまっ黒になるのです。黒いクレヨンみたいな黒。自分でしておきながら、まるで自分のウンコには思えません。まちがって手についたりしても、くさいとはとうてい思えない。しかしやっぱりくさいのです。その上この薬にはいくらかウンコが固くなる作用もあるそうで、わたしはこれを飲みはじめてから便秘になり、それはそれは苦労いたしました。

妊婦の便秘といえば、とうぜん便秘だけでなく、痔を連想して恐怖します。じっさい妊娠出産してから痔になった、という話があまりにも多く耳に入ってきます。妊娠中の便秘が原因というのもあれば、娩出のいきみが原因というのもあり、じつに妊婦のまわりは、痔になりやすい要素にみちみちています。

妊婦じゃないのに痔になった友人に教わったのですが、痔の予防は、排便したあと、肛門のまわりを清潔にしておくのが一番だそうです。その友人は、だから排便するたびにいちいちおフロ場へ行って肛門を洗うのだそうだ。彼女のうちのトイレは残念ながらお湯のふきだす仕組みではありません。

＊微弱陣痛…陣痛が弱い。つまり子宮収縮が弱くて胎児をなかなか外に出せない。

d　カンジダ、トリコモナス

いずれも膣炎の一種です。妊婦になると分泌物が多くなるそうで、どうしてもこのテの膣炎にかかりやすくなるそうです。

わたしがかかったのはカンジダの方で、どうなるのかといいますと、まずかゆくなる。ちょっとくらいかゆい、というのは、ま、おうおうにしてあることですが、そんなものじゃなく、かゆい。あんまりかゆいので、ばりばりかきむしりたくなるくらい、かゆい。じっさいかきむしり、われながら血が出ないかと心配したほどです。その上、かいているうちに、なんだか垢《あか》のようなものがよれてきます。白い、「チーズかすのような」と本には書いてありますが、それがぼろぼろぼろぼろとれるので、なかなかおもしろい体験です。

家庭の医学の本などを読みますと、性病*のページにごく近いところにあったりしてぎょっとしますが、性病ではありません。不潔にしているせいだ、と人にはばかにされますが、分泌物が多くなるのは不可抗力です。どうどうとしていましょう。医者に行けばたちまち治ります。

わたしは病気の内容はともかくも、カンジダという、トリコモナスという、この音の響きがなんともいえず好きです。

＊性病…性病といわれていた頃より性感染症といわれる今のほうが、すべての病気が身近に感じられるのはどういうことだろう。ここにことばの魔術がある。身近に感じて、ほらほらコンドームという気になるのはいいことです。

e　胎動

1の妊娠期間の胎児のおおざっぱな成長の過程で述べたとおりです。ここでわれわれは、

胎児はじつはウンコである、という真理を発見します。

以上、項目をあげて、わたしが下半身に意識を集中していった過程を説明しました。つまり妊娠期間は特別にスカトロジストでなくとも、じゅうぶんにたっぷりとヴァギナ、肛門を中心とした世界に陥ることができます。妊婦にとって、自分のウンコやおしっこや肛門やヴァギナを心配することは、日常であり、当然の権利です（まる）。考えてみれば、わたしたちは、ごく小さいころこそ、そういうものに対する自由な興味をもっていましたが、大きくなるにつれてどういうわけか抑圧されてきました。妊婦という人間のいちばん健康な状態でまた、幼児のころのような、あけっぴろげの下半身や排泄物への興味を楽しめることを、わたしはたいへんうれしく思います（まる）。

3 太る太らないについて

妊娠する前は、妊娠のたびに一〇kgずつ太り、三回妊娠して三〇kg太った、などという人の話をきいて、あきれていたのですが、妊娠したら、太るの太らないのって、すごいいきおいで太りました。

普通は一〇kgとか一一kgとかいうのですが、わたしは一五kg太りました。だいたい、非妊娠時においても、太るというのは不愉快な、ともすると神経症的なことで、できるならば避けてとおりたいことです。妊娠時には、まず、健康によくないという理由で、かなりきびしくチェックされます。急激に太った時には、妊娠中毒症*のおそれがあるそうですし、太りすぎていると、前述の微弱陣痛やら何やらのおそれも出てくるそうです。

しかし、いくら気をつけていても、わたしは太りました。通っていた病院の母親学級では、太りすぎないように、となんども言われ、いろんな妊娠出産についての本を読めば、太りすぎないように、としつこくしつこく書いてあります。妊婦仲間に会えば、当然話はどれくらい太ったかということになり、たいていはわたしがいちばんでした。わたしは相当気にして、主治医に相談したのですが、主治医はこう言いました。

「女の人は、いちばん健康な時に、妊娠するんです。健康だから、太るんです。

これから、もっともっと太りますよ。」

八〇近いおじいさんの医者が、ゆっくりゆっくり諭《さと》すようにそう言い、わたしは納得し、心おきなく太ろう、と心に決めたのです。

考えてみると、安心して太れるというのはざらにあることじゃありません。今までわたしは、一七、八歳のころから、つねに、やせたいという思い、そしてそのために食べ物の制限をしなければいけないという思い、たいてい実行できなくてかえってパニックに陥るのですが、そういう感情につきまとわれてきました。ごはんつぶひとつ、安定した気持ちで食べられなかったのです。おかげさまで拒食症とか過食症とかそのへんはひととおり経験済みです。

というわけで、ドクターストップがかかっちゃたいへんですから、いちおうは気をつけますが、まあある程度てきとうに、おなかがすけば、妊娠しているということをカクレミノにして食べたいだけ食べる、どんなことをしていても一〇kgは太るんですから、食べたいという事実と、増えた体重との相関関係をあまり気にしないことにする。ほんとに楽しい、極楽のような九カ月でした。

わたしは顔色がいいほうじゃなく、奥さんどうしたの、顔が青いわよ、などと隣近所のおばさんに言われたりします。それが、妊娠中はとにかくまんまるな上に、太ったものだから元気いっぱい、おまけに前述の鉄剤を飲んでいたので、田舎育ちの健康優良児のようなまっかっかな頰《ほお》をしていました。自分はよっぽど生理的に妊娠という状態が向いているのかなと思ったしだい。

もっとも、妊娠のたびに一〇kgずつ増えていって三人を産んだあとは三〇kg増えていたという話とはちがって、さいわいにもわたしは、あっという間にもとどおりになりました。それどころか、産んで二、三カ月目くらいにはそれまでになくやせてしまって、かわいそうなくらいでした。ひとえにおっぱいを吸われて、養分をどんどん取られていったせいだと思います。しかしかわいそうなくらいやせたのもつかの間、アカンボがおっぱい以外のものを食べはじめたとき、アカンボというのはおしげもなく食べ物を残しますから、それのあとしまつをするようになって、たちまち体重はもとどおり以上に戻りました。

＊妊娠中毒症…最近は「妊娠高血圧症候群」と名前が変わりました。むくみ、タンパク尿が主な症状で、かなり発生頻度も高く、症状によってはたいへん危険です。定期の検

診をちゃんと受けていれば、チェックが厳しく、予防治療は大丈夫です。他に妊娠に関するトラブルとしては、子宮外妊娠、胎児が子宮の中で胞状になってしまう胞状奇胎《ほうじょうきたい》、胎盤《たいばん》が子宮にかぶさっている前置《ぜんち》胎盤などがあります。

4 マタニティドレス

おなかばっかり汚れます。そういうわけで、このデザインなら産後も着られるだろうってんで買った高いマタニティドレスも、おなかだけ汚れが目立ち、使い物にならなくなっています。もちろんデザインの上でも、マタニティドレスはマタニティドレスであって、産後になってはじめて、そのださに気がつきます。当然、妊娠していない人が着られたものじゃありません。

5　ハラオビ

どういうわけだか、母親とか近所のおばさん、助産婦など、年配の女の人はハラオビに執着します。あんまり執着するんで、なんかあるんじゃないかと思うくらいです。

そもそもハラオビというのは、妊娠五カ月（一六―一九週）の戌《いぬ》の日にしめるもので、たいていはただのサラシです。それをぐるぐるおなかに巻きつけてしめます。戌の日というのは、犬が安産だからだそうです。東京では、人形町の「水天宮」がそれ専門の神さまで、おふだやらハラオビやらを売っています。

保温のためとかおなかを安定させるためとか言いますが、妊娠について書いてある本によっては、べつに意味はない、ただの風習なのでしなくてもよい、などとなっています。しかしわたしは、風習というのは励行するためにある、という考えですし、その上年配の女たちの、ハラオビを若い妊婦にしめさせたいという執着を見ていると、そのとおりにしてやらねばという気になり、ちゃ

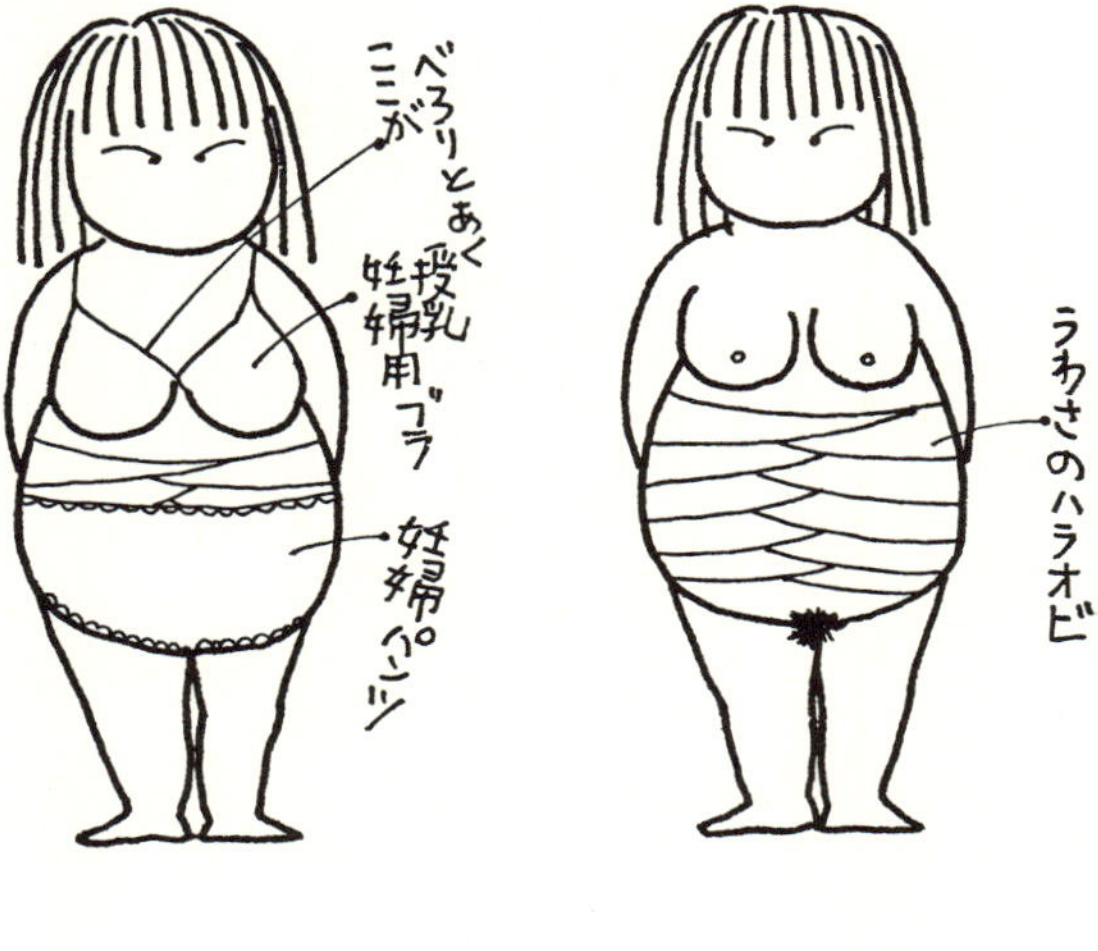

ここがべろりとあく
授乳妊婦用ブラ
妊婦パンツ
うわさのハラオビ

んと「水天宮」でおふだとサラシを戌の日に買ってきてしめました。

しかし、わたしはダラシがない上にたいへんぶきっちょな人間です。わたしの高校はセーラー服でしたが、特殊なネクタイをしめることになっています。そのネクタイさえ三年間しめられなかったわたしに、どうしてまともに長いサラシのひとまきを自分のおなかにしめることができましょうか。ある日、まがりなりにもハラオビをしめていたわたしは、自分のスカートからサラシの端がしっぽのようにたれているのに気がつきました。それ以来、年配の女たちがハラオビはしてるのかと執着するたびに、してますしてますとごまかすことにしたわけです。

世の中は便利にできていて、ガードル型ハラオビという、はけばいいものが、高いですがちゃんと売っています。でもこれでは年配の女たちは満足しません。

6 パンツ

しかしとにかく保温ということはたしかに必要です。わたしはくつしたが嫌

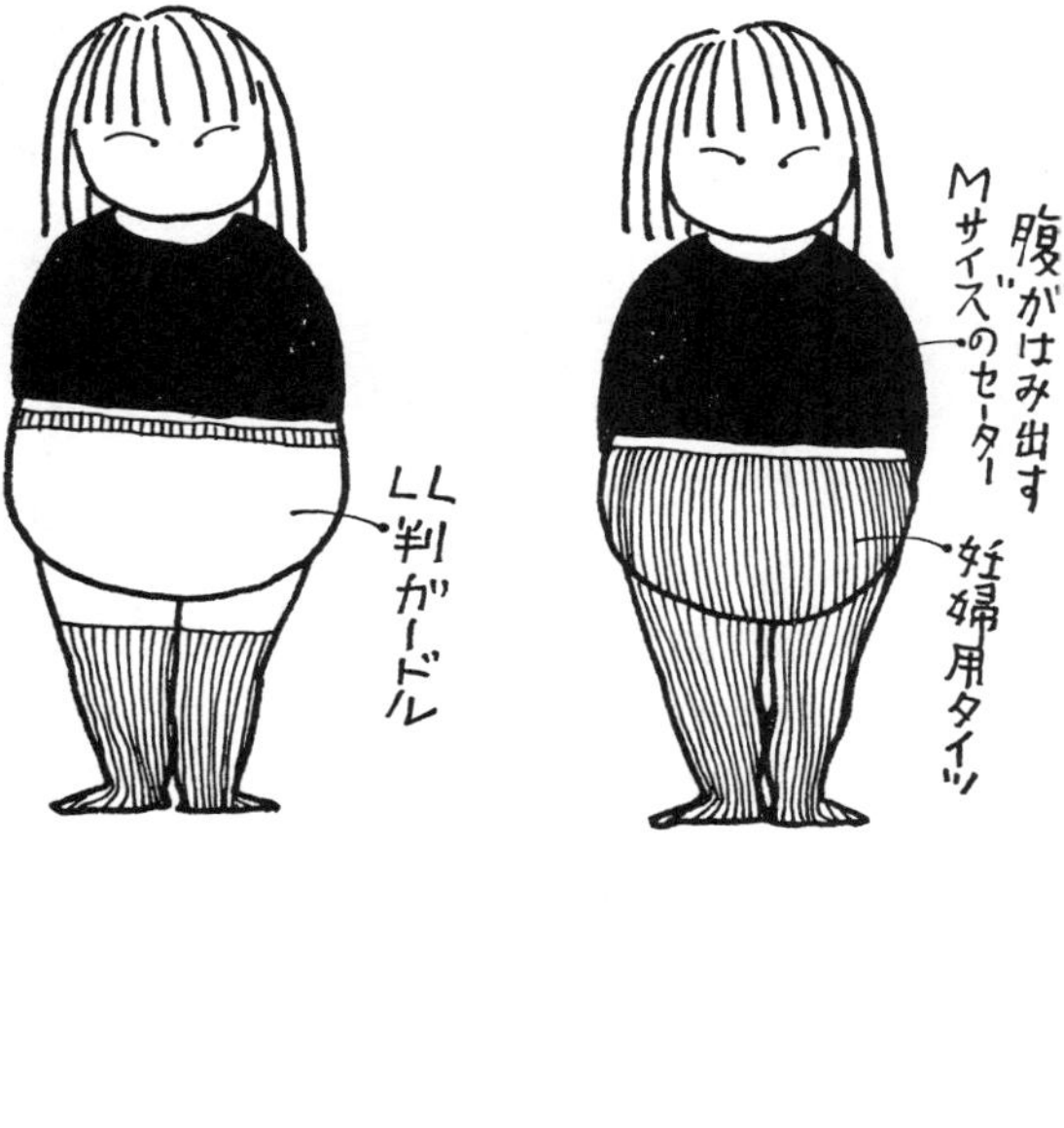
LL判ガードル
腹がはみ出す
Mサイズのセーター
妊婦用タイツ

いで、真冬でも素足です。当然足はたいへん冷えて、いまどき珍しい霜やけに毎年悩まされているのですが、それでもくつしたなしでなんとか過ごせます。それが妊娠中は、年配の女たち（ハラオビとともに、足と腰を冷やすなと言うことにも執着を示しています）に言われるまでもなく、冷えるという感覚が不快になり、くつしたははくわ、ストッキングははくわ、パンツは重ねばきするわ、たいへんでした。

ストッキングについて。わたしはストッキングというものは絶対に日本という風土気候に相入れないものと確信しております。冬ならともかく、夏場にはいたときの蒸し暑さは、あれが江戸時代以前の日本に自然発生したものではないとはっきり教えてくれますし、最近質は向上したとはいえ、破れやすいあの性質は神経症の素《もと》でしかない。しかしそれでも今の日本の社会では女ははかずにはおれないのです。悲しいことです。

さてパンツ、俗に言うパンティですが、普通わたしたちがはくのは、手のひらくらいの小さいやつです。ところがあれでは毛を隠すことしかできませんので、わたしは年配の女がはくような、ズロースといいたくなるような大きい深いパンツのL判を、のちには妊婦用のを、何枚も重ねてはきました。

大判パンツの重ねばきにサラシのハラオビではそうとうおなかのまわりがごてごてしてみっともないはずですが、さいわいおなかはすでに大きくなっているし、そういう格好をするころには自他ともに認める妊婦で、見た目のよしあしなど問題じゃない、おなかだけが大事という心境に陥っていますので、気になりません。

7　くつした

やっぱり妊娠した当初は、雑誌にのっている妊婦のファッションを見たりして、むかしは世間の妊婦を見てみっともないもんだと思ってましたから、わたしはああはなるまい、この雑誌の妊婦のように、こぎれいな、かわいらしい妊婦になって、ファッショナブルなマタニティライフをエンジョイするのだ、妊娠している女がいちばん美しい、と軽薄なフェミニズムを押しつけてくる婦人雑誌の思うツボにはまってしまうのですが、まもなく雑誌のカラーページににこやかに笑っている美しい妊婦たちの姿には一カ所大きなうそがあることに気がつきます。

彼女たちは、じっさいの生活している妊婦なら当然ごてごてとはいていているべき、くつしたをはいていないのです。彼女たちのはいているのは普通の女と同じようなストッキングだけでした。

パンツの項で述べたとおり、保温のためのくつしたは妊婦生活の必需品であり、言ってみれば大きなおなかとともに、妊婦であるという身分証明みたいなものです。ええい、このごてごてと重ねたくつした（大きいおなか）が目にはいらぬか、というぐあいに人々に保護を求めているわけです。

ファッショナブルな上半身で、妊婦も普通の女と同じである。妊婦こそ美しい、妊婦はかわいらしい、と虚勢をはってみたところで、はかないわけにはいかないくつしたで、ぼろが出ます。

妊婦はくつしたをごてごてとはいて、保温にこれ努めているものなのです。悪いか。

このへんばっかり汚れる
買ったときのクツ
くつしたの重ねばきのためにのびたクツ
ひたすら保温のためのレッグウォーマー

8　しみそばかす

　妊娠中はホルモンのバランスが崩れて、しみそばかすがどうしても多くなります。産後は薄くなりますが、完全に消えるのには時間がかかります。ということくらいしか妊娠についての本にはのっていなくて、しみがひどかったわたしはたいへん不安でした。むかしからそばかすが多かったのですが、妊娠すると、そばかすどころではない、まるであざのような黒いしみが、目の下や頬にあらわれたのにはびっくりぎょうてんいたしました。友人が遠くからわたしを見て目の下に影があると思ったそうです。結局しみは出産が終わるまで消えず、終わったらだんだんもとのように、そばかすと言えるくらいまで、薄くなりました。

　これなんて、くつした以上にわたし自身の力ではどうにもならない問題です。わたしはこう考えることにしました。妊婦にはしみがある。悪いか。

妊娠 Q&A

▽こんな質問ってちょっとあれなんですけど、なんか妊婦ってすごくみっともない、と思います。そう思いませんか。

▼わたしも若いころはそう思っていました。妊婦というのは醜悪ないやらしい存在でした。とくにヨチヨチ歩きのアカンボがいる妊婦などというのは蹴倒してやりたいくらいいやらしいものでした。でもなってしまえば当たり前の楽しい生理の変化でしかなかったのに気がつきました。妊婦はみっともない、醜悪だ、なんていうのは人生経験の足りない未熟な若者の論理です。しかし、かといって、妊娠している女こそ美しいものだという意見もまたにわかには信じがたい。腹にイチモツあって言ってるんじゃないのーと言いたくなる意見です。妊婦はみっともない、人間のメスはときどきそういう変化をするのが生理である、これでいいのです。

▽妊娠中、男の子と女の子、特にどちらを希望されましたか。希望した場合、産み分けのために何か手を打ちましたか。

▼女の子がほしいとかどっちでもいいとか、いろいろ言いましたが、ほんとうは、男の子、これしか考えていませんでした。ペニスを所有したい。生まれてから幼児、小学生、中学生、と一貫して生きのいいペニスが自分の所有になるのです。まあしかし、万が一女の子だった場合のために、自分のと相似形のオナニーするヴァギナが手に入るのもまたいいもんだ、と思っておりました。わたしの場合は、思わずできてしまったので、手を打ってはいません。また、わたしは面倒なことは嫌いなので手を打つことはしないでしょう。わたしの友人には女の子が欲しくて、膣にジュースを入れてセックスしたというのもいますが、男の子を産みました。そうそう思いどおりになるもんじゃないと思います。

▽妊娠中、見る夢に変化はありましたか。

▼たまにお産しているところとか流産したところとかを夢にみましたが、あと

はべつに変わりありませんでした。

▽妊娠中の平均的一日を図表化してください。

今考えると、のどかだった
妊娠中
朝
ごはんをつくって
食べて
昼
仕事して
いつも分娩のことを考えながら
夜
ごはんをつくって
食べて
いちゃいちゃしてねました
朝まで。

▽母子手帳*とは何でしょうか。また、何か改善点があれば教えてください。

▼妊娠中の産婦人科医と妊婦の連絡ノートです。改善点はいろいろありましょうが、おカミのやることがそうそう完璧にすてきでもつまりませんから、現行のままでいいんじゃないでしょうか。なくたって別にだれも困りません。母子

手帳も妊娠中のいろいろの検査も生まれてから保健所でやるいろいろの検査も、おカミに守られているというより、おカミに管理されているという感じの方を強く感じます。そういうものに一貫しているのは、規格品を作るという意識のような気がしてなりません。わたしもわたしの子どもも規格品になるのはもちろんいやですが、そういう検査なり発達の表なりデータなりがあると、自分や自分の子どもが規格からはみださないことを願って、検査の結果に一喜一憂してしまうのが人情です。

＊母子手帳…補説しますと、妊娠がわかった時点で市役所や区役所に行くともらえるのです。一九九一年からは市町村ごとに異なる手帳が使われているようです。妊娠中の検診のたびに医者に書きこんでもらう欄やアカンボの成長を自分で書き込む欄、そして妊婦やアカンボのいろんなデータ、情報が満載されています。

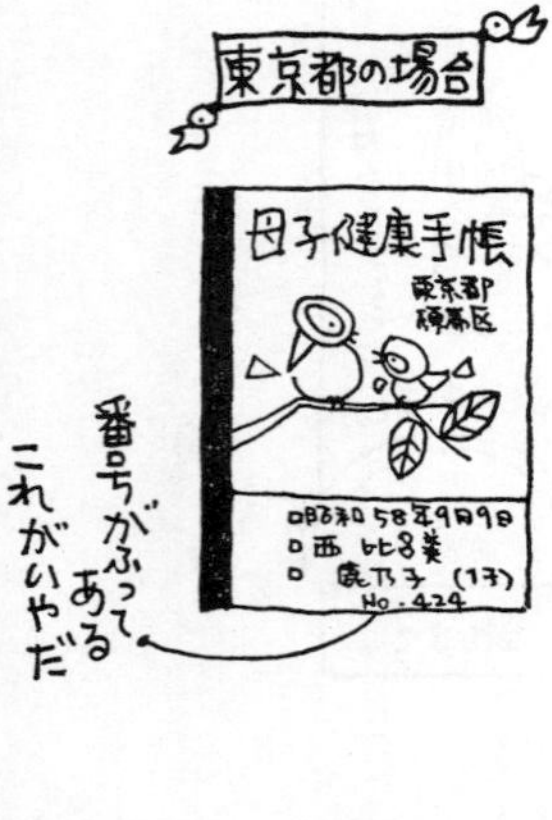

▽妊娠中の父親の態度について何かご意見を。

▼個人的なことを申しあげますと、たいへん熱心で協力的でした。たとえば一〇週なら一〇週の、二〇週なら二〇週の、胎児の大きさ、胎児の状態、子宮の大きさなどあらゆるデータをそらで言える、つまり妊娠に関する本を読んで覚えこんでいたわけです。熱狂的でした。

▽妊娠中の性生活で心がけた点を教えてください。

▼妊娠中はよくセックスをしました。夫は妊婦とやれるというので欲情するし、わたしもどういうわけかそれ以前よりセックス好きになったのです。体位はふたりとも横向きになって後ろから入れるとか夫が膝をついて立ってわたしは仰向けとか、やっぱり苦しくないようにいろいろと工夫しました。それがまた楽しかった。

▽何億もの精子が一生懸命泳いでようやく一匹がたどりついて受精するという、そのプロセスに何かご感想は。

▼生きるということは多かれ少なかれみんなそうなのでしょう。

▽妊娠に気づいたのは、月経の遅れとツワリとどちらが先でしたか。

▼月経の遅れです。あれあれあれと思っているうちにツワリが来ました。

▽赤ちゃんができたとわかった時、どんな気持ちでしたか。また夫に言う時はどんな気持ちでしたか。

▼吐いてすっぱいものばっかりほしがって、夫がおかしいと思っていたら、妻が会社に電話をかけてきて、あの、ちょっとお話があるの、と今日病院に行ってきたことを打ち明け、夫は青天のヘキレキにびっくり仰天しながらも狂喜するという、TVドラマ的なパターンを考えていらっしゃるのでしたら、あんなものは嘘です。月経が遅れた時点ですでに妻は気づいており、当然まともな夫婦ならそのことについて話しあっています。妊娠というのは、夫婦で「こまった」とか「やったね」とか、まあ、感想はいろいろありましょうが、疑いながら、霧が晴れていくように、徐々にわかっていきます。わたしの場合、最初に

月経の遅れに気づいた時には、「ほれみろ」「どじ」と責任を転嫁する気持ちで事実を伝えました。

▽ツワリは毎日やってくるものですか。その場合、一日に何回くらい。

▼わたしは軽いほうでした。ほんとに人によって違うので何ともいえませんが、一日の半分くらいは、吐くほどでもないがなんかむかつく、という状態なのです。

▽条件反射的に気分の悪くなる食べ物、においなど、ありましたか。

▼わたしはべつにそういう激烈な症状はありませんでしたが、歯磨きで歯をみがいていると気持ちが悪くなり、コーヒーとワカメが嫌いになりました。

▽ツワリの時、すっぱいものをほしくなるといいますが、それは、そういう気分になるということですか。それとも味自体を欲するのですか。

▼わたしは別にすっぱいものも、そういう気分も欲しくなりませんでしたね。

▽妊娠中いちばんよく食べたものは。食生活に何か大きな変化はありましたか。
▼イクラが好きになりました。ちりめんじゃこをよく食べました。医者に塩分を控えるように言われ、塩っ気の少ない食生活を励行しました。
▽おなかがふくらんできたとき、正座していて立ちあがれますか。また、畳の上ではどんな坐り方をしますか。
▼べつに立ちあがれなかったことを覚えていませんから、立ちあがれたのではないでしょうか。畳の上ではなんといってもアグラです。アグラをかいているとお産の時にも骨盤《こつばん》が開くか何かしていいそうです。一度座椅子に坐っていて、後ろにもたれすぎ、そのまま後ろにひっくりかえったことがあります。ひとりで起きあがれなくなってしまい、助けを呼びました。
▽胎動が始まったころ、大便でいきむと、赤ちゃんが一緒に出てきそうな感覚になりませんか。

▼胎動が始まったばかりのころというのは、ほとんど腸の蠕動運動ですから、そういう感じはありません。臨月近くなってもべつに排便時にそういう感じはしませんでしたが、風邪をひいてセキがひどかった時は、出そうな感じでこわかったです。

▽妊娠中の便秘対策として、何かしましたか。

▼毎朝、目がさめてすぐ冷たい牛乳を一杯いっきに飲みます。

▽ツワリがおさまったあと、いちばん食欲が出たのはいつごろですか。

▼いつも同じくらい食欲がありました。でもその食欲は妊娠前や出産後の食欲とあまり変わりありません。早い話が、わたしはつねに食欲があって困っています。

二五年後からの言及「妊娠とは」

ハラオビとカタカナで書くのはいちいちめんどうなのでもう漢字で書きます、腹帯、と。腹帯なんてもう売ってないだろうと思ってネットで検索してみたら、まだ売ってました。売ってるということは、買う人もいるんですね。あれから二五年も経ったというのにまだあんなもの、おなかに巻いてる妊婦がいるとは、驚きです。

万事古いもの好きのわたしですが、めんどくさいことはいやなので、腹帯には反対です。象徴的すぎます、妊婦をぐるぐる巻きにして閉じ込めておこうという。下半身を温めたいのなら、あんな手間のかかる方法より、もっと簡単に、大きいパンツをはくなりなんなり、日常的になじんだ方法があるはずです。

実は、腹帯に対する反感にはもうひとつ理由があります。二五年前にも書いてますけど、わたしはヒモも満足にむすべないほど手先が不器用なのです。腹帯も、どんなに教わってもきちんと巻けたためしがなく、その結果、腹帯をスカートから垂れ下がらせて引きずって歩いていたというわけです。あれは、ほんとに恥ずかしかった。そのせいでしょうね、この腹帯ギライは。

第三子を妊娠していたときは、近くにうるさい母親もいなかったし、こっちはどうどうの経産婦かつ人生経験ゆたかな四〇歳、人の言うことより自分の好きなことをと心がけ、サラシの腹帯は一切巻きませんでした。ガードル型腹帯は一枚買ってときどき着用してました。

カリフォルニアで暮らしてますと、大きなおなかをむき出して歩いている妊婦をよく見かけます。カリフォルニアでは、妊娠してない若い女はたいがいおへそを出して歩いているので、つまりそのまま、妊娠してもやっぱりおへそを出して歩いているわけ。それはそれで妊娠にたいする誇らしさ、妊娠してるのはこのアタシよというけたたましい自我が伝わってきて、とってもほほえましいし、実際大きくつき出た生《なま》のおなかはとってもかわいいと思えるのですが、おばさんとして、冷えないのか？　と気になります。むきだしの素足でサンダルばきの妊婦もしょっちゅう見かけます。それもまた、冷えないのか？　とおばさんは気になってしょうがありません。

文化の違いでしょう。英語に「冷える」ということばはないのかもしれません。それだけではない。きのうかおととい産んだような、まだ本人も胎児のつもりでいるような新生児を抱いて人混みに混じってる人もよく見かけます。これもやっぱり文化の違い、ぎょっとしてはらはらしますが、わたしは何も言いません。

妊娠はまだいいのです。自分のからだで、他者じゃないからです。言ってみれば広義のオナニー。何でもＯＫという気分でおりましたし、今でもおります。

出産編

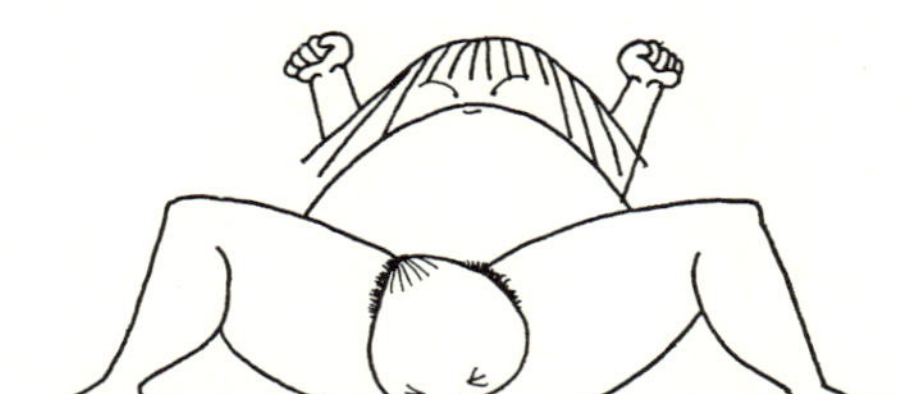

1　おおざっぱな分娩の経過は次のとおりです

まず羊水*と胎児のはいったフクロをつつみこんで何事もなく膨張していた子宮が、産まれる潮時が来て、収縮を始めます。つまり子宮の筋肉が規則的にちぢんでかたくなるわけで、別名を陣痛とも言います。つまり痛い。これはお産の重要なポイントですが、陣痛というものは、痛みと痛みの間に痛みのない時があり、初めのうちは痛みも弱く、間隔も長いのですが、だんだん痛みが強く、間隔が短くなってきます。子宮の中には当然胎児がはいっているわけで、子宮に収縮されちゃ、胎児はたまりません。そこでわけもわからずに前へ前へ、胎児はたいてい頭を下にして子宮におさまっていますから、前へということは下へ、つまり、出口の方へ、頭突きで進もうとしはじめるわけです。そうしますと、ぴったり閉じていた子宮の口が、だんだん開いてくるわけです。指が何本分開いたとか、何cm開いたとかで、子宮の口の開いた度合は表現されます。もうこのころになりますと、子宮収縮もたいへん強くなりまして、つまり痛みもたいへん強く、痛みの間隔も短くなってきて、本人としては、もうずいぶん長いこと痛い思いをしているような気がして、つい現実に開いているよりももっと開いているように感じてしまったり、あまりの進みののろさに泣きたくなってしまったり、いらいらしたりあせったりしてしまうわけですが、実際はなかなか子宮口というものは開きません。開ききるまで、初産婦の場合は一四、五時間かかる（経産婦の場合は、もう少し早い、という話だ）ということですが、実際はまるっきり人それぞれで、長い人はそれどころじゃなくめちゃくちゃ長い。とにかくなかなか開かないものだということは肝に銘じておいた方がいい。本人は痛いものだから、ついもっと開いていると期待してしまってそれが余計、あせりのもとです。長くかかる、と思っておいて、短くすめばもうけもんです。開ききるまでを、分娩《ぶんべん》第一期＊、それからを第二期といいます。

そうしてようやく目いっぱい開いた状態になると（これを子宮口全開大といいます。おもしろい専門用語なので覚えておきましょう）、いよいよお産もたけなわで、それまでは普通の病室で陣痛してたのが、ちゃんと産婦らしく、分娩室へ連れていかれます。ここから、羊水のはいったフクロが破れて「破水」

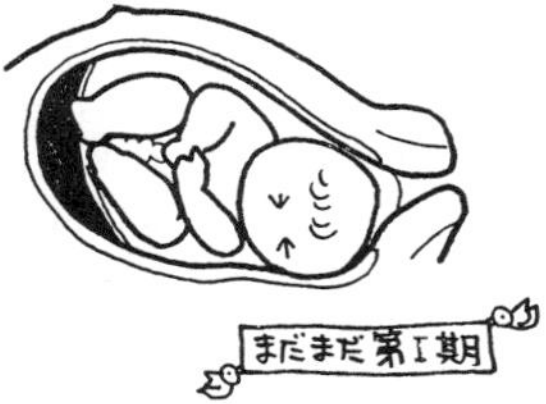
まだまだ第Ⅰ期

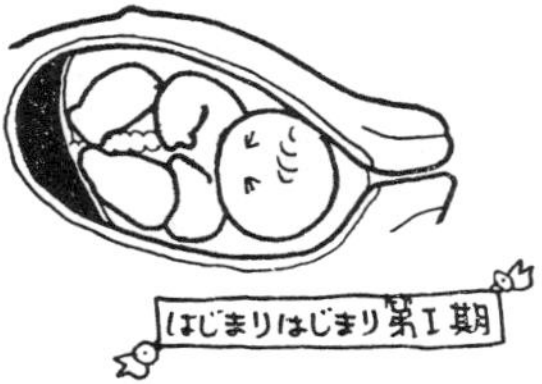
はじまりはじまり第Ⅰ期

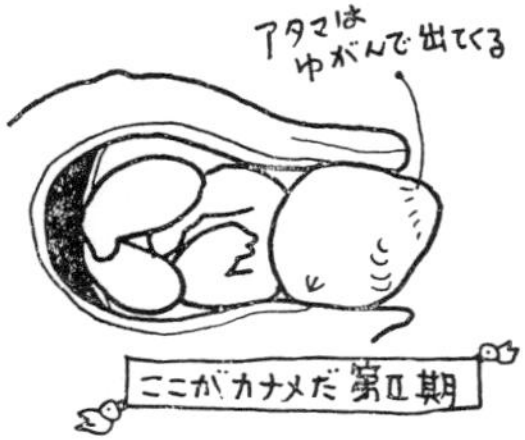
アタマは
ゆがんで出てくる
ここがカナメだ第Ⅱ期

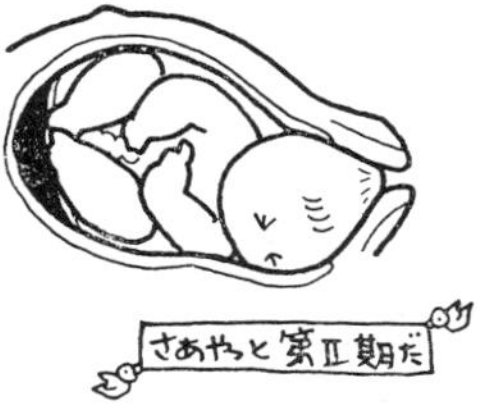
さあやっと第Ⅱ期だ

第Ⅲ期

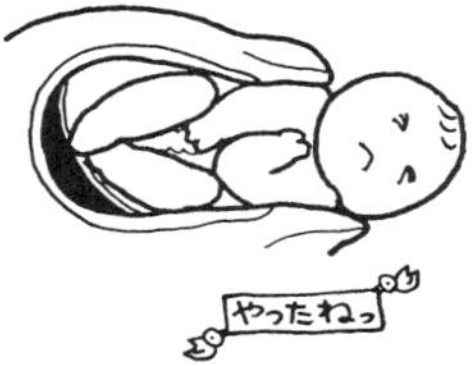
やったねっ

という状態になり、胎児の頭が見えてくる「排臨《はいりん》」、頭が出る「発露《はつろ》」、このへんでは力いっぱいいきむことを要求されます。そして「娩出」。この期間は陣痛はものすごく強いのですが、もうすぐだ、という期待があり、いきむのに夢中ですから、さして苦痛には感じません。だいたい二、三時間かかるということですが、わたしの場合なんて、吸引*したので、わずか二〇分でした。お産ってほんとに人さまざまです。

さてアカンボが出てしまうと少ししてまた子宮が収縮し、ちょっといきむと胎盤が娩出され、全過程が終了します。この時期を後産といい、第三期にあたります。ここはちっともつらくありません。

＊羊水…子宮の中には羊水が充満していて、その中に胎児が浮かんでいるわけです。

＊経産婦の場合…これはほんとに早かった。わたしの場合、第二子は、朝、定期検診に行ったら、子宮口がもうだいぶ開いてますよと言われ（まったく自覚がなかった）、あたふたと入院したのがお昼前、午後一時には生まれてました。第三子は真夜中すぎに子宮収縮がはじまり（でも経産婦はあせらない）そしたらつづいて破水して（これにも経産

婦は驚かない）二時前には病院について五時に生まれました。

＊吸引…分娩も半ばを過ぎてなんらかのトラブルがあり、早くアカンボを出してしまわなければならない時に、バキュームで吸いだすのが吸引、つかみ出すのが鉗子《かんし》です。

2　分娩直前の注意事項

予定日が近くなると、じつに一日が長くなり、その上未経験なものですから、下痢の痛みも胎児の動きも、これこそが陣痛である、と思いこみがちですが、陣痛というものと他の、未経験の妊婦が陣痛じゃないかしらと思うような痛みとは、完璧に違いますから、安心してください。うっかり見落として知らないうちに産み落とす寸前、なんてことはありえませんから。とにかく痛みは、はっきり痛みと知覚されます。そして確実に規則的で、しかもだんだん強くなります。ラヴェルの「ボレロ」、あれにたいへん近いものです。

惜しむらくは、分娩というものの始まりは、始まるまではまるでわからないことです。明日始まるというように予告があればいいのですが、ありません。わたしは陣痛の始まる数時間前に、もものつけ根がつっぱった感じでへんに歩きにくい感じだったのを覚えています。後から思えば、あれが予告だったわけですが、ほとんど直前の、しかもあいまいな予告だったので、役には立ちませんでした。陣痛が、今来るか今来るか、と待っている心理は、「ボヴァリー夫人」のエンマが毒を飲んで効き目が表れるのを今か今かと待っているところの描写に、たいへん似通ったものがあります。「ボヴァリー夫人」を読みながら「ボレロ」を聞きますと、未経験の方でも主観的な分娩を味わえます。

お産の始まりの兆候は、陣痛、おしるし、人によっては破水、この三つです。おしるしというのは月経のような出血のことです。わたしの場合は、陣痛を自覚した直後でした。月経はほんと、ひさしぶりなので、血をパンツなり便器なりに見ただけでもかなりあわててしまいます。破水というのも、もっと後にするのが正常であるという意識がある上に、おしっこをもらすのより大量に、何かバケツでもひっくりかえしたみたいにじゃばっと、突然もれるので、あらかじめそういうもんだとわかっていてもぎょうてんいたします。

自分では落ち着いているつもりでも、いざ陣痛が始まったりおしるしがあったり破水したりすると、気が動転してしまいますから、当座必要なもの、たとえば月経用のパッドとか母子手帳とか保険証とか入院のためのものとか破水した時にあてるタオルとかは、あらかじめ冷静な時にそろえて出しておくことです。わたしは破水して、夫とともにタクシーで病院へ行ったのですが、タクシーの中にサイフと保険証の入ったカバンを置きわすれ、その中に入れたつもりの母子手帳は入っていなくて、自宅からタクシー会社から警察の落とし物係からあらゆる可能性を夫が必死に探しまわったあげくに、夫のカバンの中に入っていたという、破水して陣痛が始まっているわたしはともかくも、夫はべつに陣痛も破水もしていないのに、そういうパニックに陥りますから、重々、気をつけておいた方がいいようです。

3　分娩中の注意事項

まず、基本的にお産というのは一時間や二時間で終わるものではない、ということを、当然わかっているとは思いますが、しっかり認識しておくことです。一〇時間や二〇時間でも終わらないと考えておいたほうがいい。さいわい最近はお産じゃめったに死にゃしません。しかし何十年か前にはお産の度に女もアカンボもばたばた死んでいった時期があったわけで、そういうことを考えれば二日や三日の陣痛がなんだ、われわれは確実に命は助かる、という気持ちになります。

つぎに、誰も助けてくれない、ということもまた認識すべきです。ラマーズ法の盲点はここです。夫と一緒ではありますが、うっかり夫が助けてくれるなどと錯覚したら最後、文字どおりの痛い目を見ます。夫はそこにいるだけです。うまくいけば夫の存在や行動（一緒に呼吸法をやってくれたり、さすってくれたり）が気をまぎらわせてくれることがあるかもしれませんが、それは妻がそうとう強い性格の持ち主で、夫もちゃんとした性格の持ち主の場合にのみあてはまることであって、基本的には夫というのはそこにいるだけの、ただのオブザーバーです。助産婦や医者はお産の方向を的確に指示してはくれますが、かれらも所詮《しょせん》オブザーバーです。痛いのは産婦ひとりです。ほかの産婦でさえも、その痛みを感じてはくれません。

4　分娩直後の注意事項

わたしの経験を申しますと、たいへん愛情の豊かなわたしの夫は、分娩中はほとんど役立ちませんでしたが（出産Q＆Aを参照）、分娩直後からがぜんはりきりだしまして、あちこちに電話をかけまくり、わたしのベッドのそばを片時も離れずわたしをいたわってくれました。夫の電話のおかげで、分娩したのが午前九時すぎ、一〇時にはもうわたしの両親、続いて友人の高橋源一郎夫妻、続いてわたしの高校時代からの友人と、たてつづけに見舞い客が訪れ、その上夫はその日、面会時間ぎりぎりまでベッドのそばでわたしをいたわりつづけていましたので、はっきり言って、わたしは眠るひまもありませんでした。わたし自身も興奮していましたので、眠りたいとは思いませんでしたが、こういう場合、産婦はぐっすり眠って疲れをとるのが普通です。当然わたしは助産婦にたいへん叱られ、夫は分娩中の無能に加えて、わたしの入院中のそのような常軌を逸した豊かな愛情で、つねに助産婦からにらまれつづけました。そのようなトラブルを避けるためにも、分娩直後は充分休養するよう、心がけた方が得策です。

出産　Q＆A

▽もしかしたら胎児はウンコではないでしょうか。

▼そのとおりです。胎児はウンコそのものです。

▽妊娠中を快適にすごす方法をお教えください。

▼太りますが、気にせず食べることです。一生のうちで妊娠中ほど、どうどうと、神経症的でなく、過食できる時期はないのですから、それを充分楽しむことです。

▽お産が近くなるとどんな変化が見られますか。

▼あらゆることをお産へ突入する変化だと思いこみます。些細《ささい》な便秘、下痢から、風が吹いた花が咲いたということまで。手許《てもと》にある妊娠と出産の本の〝お産の前ぶれ〟もしくは〝お産が近づいたしるし〟という項を暗記します。最大

の気がかりは、お産の時、ウンコをしてしまうかどうかです。

▽お産はどのように始まりますか。

▼わたしの場合、四月二八日の午後七時ごろから子宮収縮があり、だんだん規則的になり、一〇時ごろ出血して、一一時に破水して入院しました。でもこれはちょっと破水が早かった例で、娩出する直前に破水するのがまあ普通の進行です。わたしの娩出は三〇日の午前九時四七分でした。ちなみに予定日は四月二九日で、昭和天皇や中原中也と同じ誕生日のはずだったのです。

▽どのくらい痛いのですか。

▼想像以上です。子宮収縮という呼び方ですむようなしろものではありません。確実に、イタタタタタ、というような痛みです。

▽毛は剃るのですか。

▼はい。ただし前は剃らずに、会陰《えいん》部*を、入院するとすぐに剃ります。前は毛

がのびてくるとかゆくなるから剃らないでくれて助かりました。わたしの場合、毛を剃ったのは二九日の午前〇時ちょうどでした。分娩台＊の上に足をひろげてあおむけになったところを、助産婦が荒木経惟《のぶよし》さんがよくやってるような具合に、カミソリで剃ってくれます。

＊会陰…膣の入り口と肛門の間の部分です。娩出の時にここが裂けることがおうおうにしてありますが、あらかじめ切ることもおうおうにあるわけです。『お産革命』『すてきなラマーズ法お産』（八八、八九ページ参照）に詳しい。
＊分娩台…わたしが乗ったのは、普通のベッド型で、その上で自由に足を開くタイプでした。ただ違うのは、頭の上につかまっていきむための鉄棒みたいなものがついていました。分娩台の中には診察台のように足を開いて固定されるものもあるらしい。

▽浣腸するのですか。

▼友人の話だとしたということですが、わたしはしなかった。じつは浣腸というものをものごころついてからしたことがないので、畏《おそ》れながらも期待してい

たのですが、残念です。たしかにいきむというのはウンコの時と同じようなものであり、分娩がすすむと肛門のへんに何かがつっかえていて、いきんでウンコのように出してしまいたい気になるのですが、それがウンコではないことははっきり自覚していました。ウンコというのはたとえ下痢の状態でなくともどこか自分のからだとの一体感が感じられますが、それがぜんぜん感じられないのです。つまり全くの異物が肛門のへんにつっかかっているように感じられる。

▽**ではやはり、胎児はウンコではないのですか。**

▼びみょうなところです。妊娠中は確実にウンコでしたが、娩出の瞬間、それはウンコではない。娩出してしまうと、再びウンコになります。ただウンコにしては手にくっつかず、あまりにもよくわたしに似ているのです。

▽**娩出のさい、ウンコしてしまうことはありませんか。**

▼そういう人もいるらしいですね。わたしもそうでした、と言えるとおもしろいのですが、残念なことにわたしはしませんでした。いきむことに気をとられ

ていて万が一してもわからないのかもしれないという意見もありますが、おそらくそれはありえません。出ればわかります。わたしが分娩台にあがっていきむ直前、医師がわたしの膣に手をいれて、こっちこっち、こっちの方にいきんで、と言いました。つまり、医師は、子宮から膣の方角へという、一見高度なことを要求したにもかかわらず、さししめされたわたしは、即座に理解してそのとおりいきみましたから、やっぱり肛門と膣はべつもんなんでしょう。

▽会陰切開はみんなするのでしょうか。

▼人それぞれですが、わたしの周囲はしない人の方が多かったようです。そういう人はお産が終わるとすぐぴんぴんして歩いています。ドーナツ椅子*も必要ありません。でももちろん切る人もいて、わたしも切りました。わたしの場合、微弱陣痛で、三七時間経ってもまだ出そうにないので、吸引することになり、会陰をかなり大きく切ったわけです。切った時の切ったという感じはわかったのですが、麻酔をかけないでやったのだとしたら、あまりにも痛くなさすぎました。というのは分娩後縫い合わせた時は、三〇分かかったのですが、そ

の間ずっと、麻酔をかけたにしては痛すぎたのです。麻酔をかけて縫った場合と、かけないで縫った場合と、比べていないのでどちらか判断できない。しかし麻酔をかけないで人間を切って縫うなんてことがありえるでしょうか。

＊人それぞれ…第二子、第三子のときは、よく使い込んだ会陰がきゅーっと伸びたらしく、わたしは切開しませんでした。会陰切開しない産後の楽ちんさを思い知りました。

＊ドーナツ椅子…お尻の当たる部分がドーナツ型、つまり中央がくりぬいてある椅子のことです。会陰を切った後は痛くてまともなところには坐れないので、病院に備え付けのこれを愛用します。

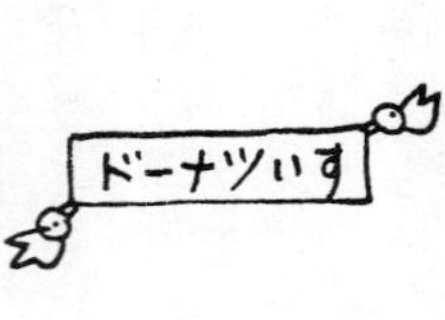

▽ラマーズ法[＊]**とはどんなものですか。**

▼そういうわけで、わたしはいちおうラマーズ法だったのですが、娩出の時は、吸引だったので、夫は外で待っていました。じつはその前から夫はリードがへタだと助産婦に判断され、夜中ずっと家に帰されていたのです。はっきり言え

ば退場です。つまり夫というのは、その場にいて妻を励まし、呼吸法をリードするのが役目なのですが、わたしの夫はひたすらオロオロしてわたしの手を握り、たまにブザーを押して、痛がってますけどお、と言うだけでありました。もちろん妻も、自分の分娩の経過を冷静に判断しなくてはなりません。つまり相当強靭《きょうじん》な精神力がなくてはむずかしい。わたしの精神力はまったく強靭ではない。

＊ラマーズ法…話せば長くなりますが、つまり、精神予防性の無痛分娩の一種で、胸式の呼吸法（ヒーフー、ヒヒフー、ヒヒフーウンなど声に出して呼吸する）とリラックス、そして夫の協力が特徴です。分娩の前に、呼吸法やリラックスのやり方を充分に練習しておくのです。
分娩を産み方で分けるとこうなります。
○普通の分娩（医者が主導権を握り、助産婦がフォローして、全過程を夫抜きでおこなう従来のやり方）
○異常のある場合に、鉗子あるいは吸引、そして帝王切開

○無痛分娩（麻酔による。経験者に聞いてみたら、娩出の時だけ麻酔するらしい。つまり分娩の第一期はしっかり味わう）
○精神予防性無痛分娩（ラマーズ、リード、ソフロロジーなど）
産む場所で分けるとこう。
○総合病院（ちょっと行ってみたが、大きな構造の小さな一部分として扱われているようでいやだった。もちろんそうでないところもあるだろうが）
○個人の産婦人科医院（わたしもここ。医者の性格によるカラーがはっきりしている。規模が小さいから親身である。設備は一応整っている）
○産科専門の病院（近くにないので選びようがなかった）
○お産婆さんのやっている産院（友人が経験したが、親身でいい上にたいへん安いというはなしだ）
○自宅（一度やってみたいのですが。準備とか後シマツとかがかえってめんどくさそうなので……）
その他に、夫立ち会いのあるなし、会陰切開のあるなし、それから、水の中で産む、坐って産む、薄暗いところで産む、産んですぐアカンボを抱く、臍の緒を夫が切る、とにかくいろんな条件があり、組み合わせるとほんとにいろんな分娩が存在します。

▽分娩はつぎのうちどれに近いですか。①排便 ②月経 ③オーガズム ④性交

▼④ではまったくありません。③でもありません。三七時間も救われない痛みは、不快でしかなかった。痛みが快感なのは、虚構の場合だけだということを、自明のことなのに、やっとわかった。わたしはもしかしたら、快感の中に痛みを味わえるのではないかと期待していたのです。②はそのものずばりですが、あまりに陳腐すぎる類似です。じっさい分娩に、終始、経血のような血がでつづけるとは知らなかったので、わたしは月経との意外な類似に感動しました。考えてみれば排卵の大がかりなものなわけです。とにかく血は、破水した羊水と入り混じって終始出つづけ、もちろんアカンボが出てくるのですからタンポンは使えません。そこで病院で貰ったナプキンをあてたのですが、たくさん出てもいいようにおもいっきり大きく作ってある。わたしはザブトンのようなそれをあてて、あおむいて三七時間をすごしたわけですが、あおむけになっていると、流れ出た経血が尻をつたって、尾骶骨の上のミゾへ流れこむのです。そしてそこにぬるぬるした液体がたまって周囲へしみていっているような気が

して、気になってしかたがない。わたしはティッシュペーパーを引きぬいてはそのミゾへ押し当て、たまっている液体を吸いこませて取り出した。わたしの場合、三七時間の子宮収縮とは、血で濡れたティッシュペーパーの大山盛りでした。しかし、わたしの場合、分娩がもっと似ていると思ったのは猫（犬でも何でもいわゆる動物ならいいんでしょうが、残念ながら猫のしか見たことがありません）の分娩です。わたしはいきむ時、腹の底からうおおうっと声をあげて、助産婦にたしなめられました。この声は猫が分娩する時、いつものにゃーにゃーとはまるで違う声で鳴いたのに似ていました。わたしは分娩が終わって冷静に戻ってから、ああいう、出してしまう声は出した方が本当なのではないかと考えました。すなわち、わたしは人間であるより先に、動物のメスであります。その後の哺乳行動の確立（ひらたくいえば、ムスメにチチをやること）にさらにそれを強く感じました。

＊経血…月経で出る血。

▽出産は「女性としてするべきである」とお考えですか。

▼するべきである、とは思いませんが、するとおもしろいよ、とはみなさんにぜひ言いたい。

▽初産年齢ということに関してどうお考えですか。

▼そりゃ医学的にはいろいろとありましょうが、それぞれの事情もありますから、個人個人でいろんな高年齢出産*に関するデータを参照して、勝手に決めればいいでしょう。

＊**高年齢出産**…わたしの友人が三二歳を超えると母子手帳にマルコウの判を押されるといって、妊娠を焦っておりました。どこからがマルコウなのかは三〇歳以上三二歳以上三五歳以上病院によって違うそうです。先天的な染色体の異常は高年齢になればなるほど起こる確率が高くなるそうですが、だからといって、それぞれ理由があって産むのが遅くなってるわけですから、変えようがないことでしょう。
というのは二五年前のことでありまして、最近は「マルコウ」印は最近押されないそう

です。高年齢で始めてお産する女を「高年初産婦」と呼びますが、それは、一九九一年までは三〇歳以上でしたが、その後は三五歳以上ということになったそうです（日本産科婦人科学会、ＷＨＯ）。だったら二〇〇一年には四〇歳以上に、そして二〇一一年には四五歳以上になるのかなと思ったんですが、そういうことはないようですよ。アメリカに来てみたら、高年初産婦が多くてびっくりしました（もちろん同時に一〇代の妊娠が問題になっている文化でもありますが）。四〇なんてざらで、四六くらいまでへいちゃらのようです。さんざん前半生を生きてきて、四〇すぎてから積極的に妊娠し、産んで育てている女にいっぱい会いました。この人生の多様性は、わるくないなと思いました。

▽「カノコ」という名はどのようにしてつけられたのですか。対立候補がもしあったら教えてください。

▼中にあんこがはいっていて周りをあずきのつぶつぶがおおっている和菓子がありますか。カノコを妊娠したころはちょうど秋でして、お菓子屋の店先に、流れるような草書体で「新栗鹿乃子」と書いてあり、うまそうだなあ、と思ったのです。男なら「甲《かぶと》」。夫が阪神ファンで、しかもわれわれの本籍地は六甲山

のふもとにあります。その上カノコの生まれた年は「甲《きのえ》」の年でした。わたしたちは胎児をずっと「カブちゃん」と呼んでいたので、カノコになって出てきてしばらくは、カノコと呼ぶたびに、よその子のような気がしました。

▽出産時の父親の態度についてご意見を。

▼先ほどラマーズ法についてお答えしたとおり、わたしの夫はラマーズ法お産の夫としては完璧にだめでした。妊娠の時、あのように詳しく妊娠という状態を把握していたので、まさかこんなにだめだとは思わなかった。妊娠時の熱意はすべて好奇心、興味本位だったのです。今度産むときは、夫を頼るまい、と思っています。

▽初めてわが子に対面したときの印象を率直に述べてください。

▼ぐにゃぐにゃしたカエル。

▽妊娠中大きく伸びたおなかの皮は出産直後どのようになってますか。しわに

なったりしていないのでしょうか。

▼分娩しおわったからといって、すぐさまおなかが妊娠前のようにへこみ、皮だけたるむと思ったら大間違いです。おなかは出たまま、子宮は膨張したままです。そりゃ多少は小さくなりますが、でも知らない人がみたら、その格好は依然として妊婦です。それが一日経ち、二日経ち、三日経つうちにだんだんしぼんでいきまして、おなかをすっきりさせる産褥*体操だとか、妊娠前の体型に戻るガードルとかで気にしているうちに、皮もおなかもいつの間にか元に戻っているという寸法です。

＊産褥…お産の時のねどこのこと。そこから転じて産んだばっかりの状態。話はそれますが、昔は月経と同じくお産も不浄なことのひとつで、ねどこから煮炊きの火から別だったのです。

▽出産前の全身消毒の手順について、詳しく教えてください。陰部の消毒についても。

▼覚えてませんでしたのでしょうが、そんな大げさなことはしていません。全身についてはまるっきり覚えていないので、しなかったか、したとしても大げさなものじゃなかったはずです。だいたいあの興味本位の夫は、分娩直後に、何も消毒しないで分娩室に入ってきました。もっと厳重に消毒とか管理とかされると思っていましたから、人間的でいい気分でした。

▽ラマーズ法を支持する点を三つあげてください。

▼①母親教室、安産教室（ここでラマーズ法のノウハウを教わります）がちゃんとあって、妊婦たちがほとんど同級生のように友達になります。これは長い妊娠期間にたいへんよいことです。②ラマーズ法を支持する医者、助産婦はだいたい人間的な扱いをわれわれ妊婦にしてくれる人たちが多い。わたしの行っていた病院はその上に、あらゆることについて、かなり新しい説、たとえば産後の食べ物は従来の栄養のあるものをというやり方から、低カロリー高タンパクのものをということになっていますが、そういうやり方や、アレルギーのことや、母乳哺育や、母子同室制*や、その他、漢方の知識や、とにかくちょっと

妊娠出産に興味をもっていろんな本を読むときっとつきあたるであろうさまざまな問題について、研究していて、ちゃんとそういう気くばりをしてくれるので、安心できたのです。③陣痛に対して、あの呼吸法が、心のよりどころとなってくれます。

＊母子同室制…産後の入院期間中、アカンボと母親が同じ部屋で過ごすことです。この方が、アカンボだけ別室にまとめられて、時間を決めて面会したり母乳をやったりするよりも、母親の精神衛生上も、母乳哺育にとってもいいそうです。

▽ラマーズ法を支持しない点を三つあげてください。

▼①夫とわたしがそうだったように精神的に弱い、甘ったれの人間にはたいへん至難である点。②ラマーズ法だけでなく従来のお産というものもそうですが、痛みを耐えなければならない点。いくら痛くても、声をあげたり騒いだりせずに、自分の精神を、呼吸法などでコントロールすることを要求されます。しかし痛いものは痛い。もっと声をあげて、痛い、とはっきり言って、言ったって

どうにもなるものじゃありませんが、それでも、痛い、と言わせてほしい、その方が自然ではないのか、と痛い時に思いました。③流行である点。わたしはへんくつなので、流行しているものはたいてい嫌いです。

生まれる●L・ニルソン（講談社文庫）

胎児の写真、胎内で成長する胎児の写真が美しい。写真のあるものは、死んだ胎児を写したのではないかと思ってしまう。六カ月くらいの胎児なんて、顔中うぶ毛が指紋のようにうずまいていて、生理的にぞっとする顔である。

小児必用養育草●香月牛山（東洋文庫『子育ての書』所収）

われわれの風土に根づいた子育てっ、と叫びたくなるような本。あの江戸時代独特の文体もたまりません。惜しむらくは、東洋文庫というのが、旧かなを使わないこと。

すてきなラマーズ法お産●三森孔子（文化出版局）

七〇年代的な、アタマの固い、「リブ」風の、過激なラマーズ法の本が多い中で、おもいがけずソフトな、わかりやすい本。八〇年代はこうでないと。経験者の手記がいくつか載っていて、それがラマーズ法におきまりの臭さを持っているが、まあ見逃せる。一四一ページ、中絶体験のある人、持病持ちの人は妊娠に対して支障はあるか、という質問にたいしての答えが感動的。

書評●出産

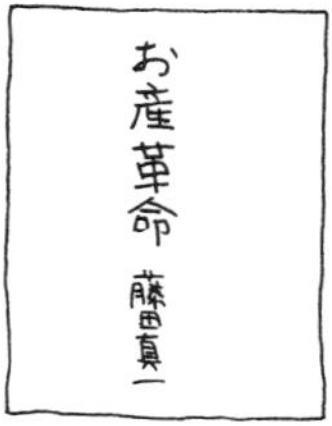

お産革命●藤田真一（朝日新聞社）

わたしは、これをまだ妊娠のにの字も考えていなかった時に読み、お産ということに対する意識を大転回させた。ぜひ妊娠する前の状態で読むことを勧めます。

水中出産●コリーヌ・ブレ＋英隆（集英社）

写真がすごい。とくに、歓喜のような表情の仏人産婦が中腰になってしゃがんだその股からアカンボがぬるりと娩出される写真が。わたしはこの写真で何度オナニーしたことか。

※この「書評」コーナーで取り上げた本はほとんどが絶版になってしまいましたが、古本で手に入りますし、復刊される可能性もありますので、そのままご紹介します。

二五年後からの言及「出産とは」

もう一度やりたいのが分娩です。

ニュースで見ました、更年期すぎた女が実の娘の卵子を子宮に入れて、アカンボを産んだという話。娩出の瞬間を味わえるなら、そんなめんどくさい話もよろこんで引き受けましょう。今度はこんな体位で、こんなかっこうで、こんな場所で、こんなことしながら、とためしてみたいことがいっぱいあります。

今のわたしが、七九ページの「分娩はつぎのうちどれに近いですか。①排便　②月経　③オーガズム　④性交」に答えるとしたら、二五年前とはだいぶちがう。

ここに書いたように、わたしにとっては何もかもはじめての経験で、第一子はなかなか出てこなくて、すっかり体力が消耗してました。最後は陣痛促進剤でリズムが狂い、娩出の瞬間は吸引されて「ずぽぽっ」でオシマイでした。味わいもへったくれもない経験だったと思います。

その上、ウンコ、ウンコ、ウンコと二五年前のわたしは連呼してますが、もともとウンコだゲロだと大喜びするコドモと発想がかわらない上に（実は、今でもウンコ好き）、あの頃は性的にも未成熟で、それくらいしか連想できなかったんです。

その後、第二子第三子を、吸引や促進剤なしで産みました。お産以外の経験もさんざんつみかさね、ウンコは好きだが性的にもちゃんと成熟した今のわたしは、こう言い切りましょう。分娩とは、数年にいっぺんくらいのとびっきりのオーガズムに数年にいっぺんくらいのとびっきりの排便を足して二乗か三乗したようなものである、と。オーガズムよりも、排便よりも、もっとずっと強くて、積極的で、痛くて、そして究極の「非日常」です。

血まみれ汗まみれのハダカに近いかっこうで、あそこまで日常の自分からかけ離れ、全身の生理を揺さぶられ、もみくちゃになり、感情がどんどんするどくなっていくのを止められもせずになすがまま、なんていうのは、なかなか他では味わえません。

とはいえ、その直前にかならずある、不愉快な子宮収縮を耐えなければならないのですが、チマタでよく言われているように、やはりそれは忘れます。

だからもっともっとやりたいんですけど、それには妊娠しなくちゃいけないし、セックスしなくちゃいけないし、男と関係つくらなきゃいけないし、それは自分をしっかり把握しとかないとできないし、産んじゃったコドモは育てないといけないし、つまりもろもろの事情や問題をしのいでいかないといけないので、なかなかできない。そこがまた非日常の極みなんです。

この頃はYouTubeで出産シーンが見られます。くろぐろと開く膣も産婦の声もぬるりと出てくる胎児の頭もちゃんと見られるすさまじいのも多々あります。ただそこに行く前に生年月日をチェックされるので、わたしだけじゃなく、だれかにも、これはポルノに近いものと認定されているようです。

ある意味、分娩とは、オナニーみたいにひとりでやるしかないとも考えるんですけど、やはり、オナニーとは言えない、そこに、どうも、他者が、色濃く存在するようだ。……精子を提供した相手の存在、腹の中でそだってきたコドモの存在、産婦を取り巻く助産師や医師や家族の存在、それから制御不可能な自分の生理、そういうのがマンダラみたいにくりひろげられて、それぞれから影響をうけながら、自力でのぼりつめる行為、それが分娩です。

授乳編

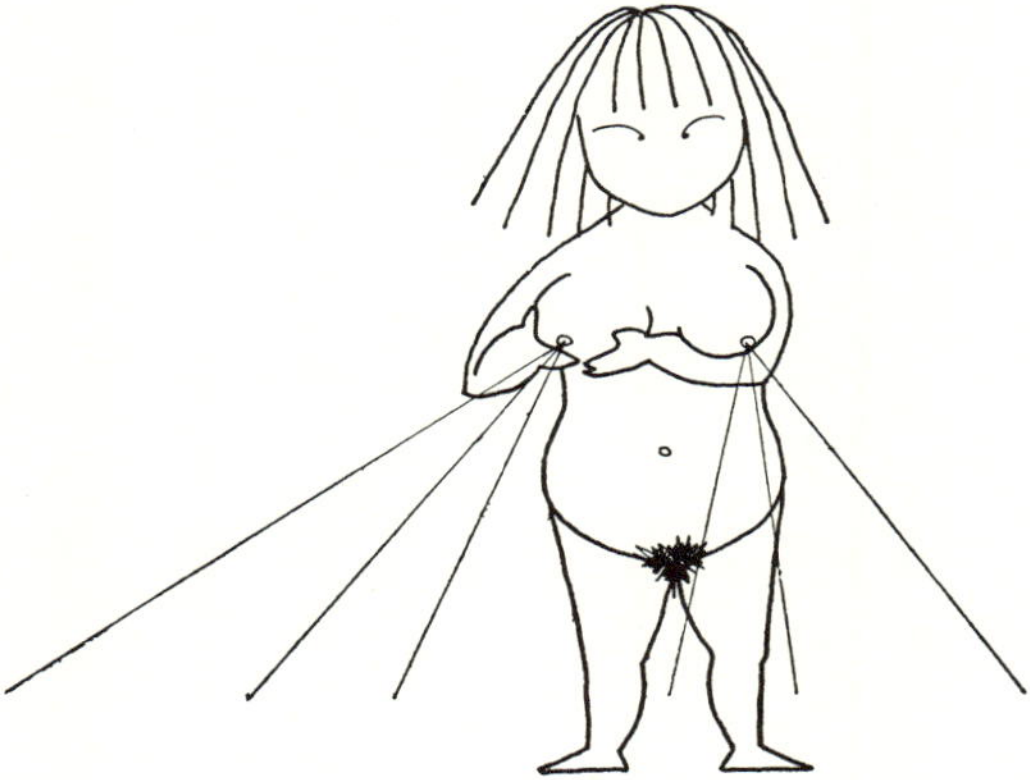

1　初期の授乳

アカンボが生まれてすぐにチチをやれると思ったら大きなまちがいです。チチは出てきません。わたしがアカンボを産んだ病院では、分娩後まる一日、アカンボは母親とはべつの新生児室にいて、それから母親のベッドの隣の小さいアカンボ用ベッドに移されてくるのですが、アカンボのいないベッドはただ妊婦でなくなった女が寝ているだけで、母親らしさは見あたりませんし、当然チチも出ません。

アカンボの顔を見てからも、おいそれとは出ません。

アカンボがそばにきて、チチを吸わせはじめると、だんだん出るそうですが、出ているのかどうか自分ではぜんぜんわかりません。

ただ、乳首を吸われるという奇妙な感覚に神経が集中してしまいます。産む前は、分娩というただ一点に興味がしぼられて、乳首を吸われるということには考えが及ばなかったのですが、されてみると、うーん、これは奇妙だ。男が性交のどさくさにまぎれて、ときどき乳首を愛撫したり吸ったりするようですが、あんなものじゃなく、はるかに強く正確にアカンボは吸います。

最初は黄色いチチが少しずつ出ます。何でもそれはたいへん栄養やら免疫やらを含んでいるそうです。それをアカンボに吸わせるわけですが、アカンボも生まれたてで吸うのがへたです。出ないし吸えないときてるから当然母親はたいへんあせる。それでも入院中は、他の、おなじように産んだばかりでチチの出ない母親たちと吸うのがへたなアカンボたちと、なんでも知ってる助産婦がいてくれるから、いくらあせってもあせりがつっぱしらずにすむので、入院中の育児ノイローゼとか子殺しは聞いたことがありません。

世の中にはチチのよく出る人もいて、わたしと同室だったある人は、七日間の入院期間中にすでに、乳房はボールのようにはりつめ、そこに青すじが立って、昼も夜も、もんだり、搾乳器《さくにゅうき》でチチを集めたりしていたものでした。わたしたち、チチのすぐ出なかったその他大勢には、そのようすがじつにうらやましい。つまり、やはりアカンボは自分のチチで育てたい。それが今どきのやり方というものです。それができるか、あるいはミルクという、いかにも時代おくれな不自然なものでやらざるをえないかの、今がカナメなわけですから、一足早くアカンボのための「自然食品」を確保した母親は、ファッショナブルな母親を遂行するための要素を確実に手にいれたわけです。

そこでわたしたち、まだファッショナブルな母親になるにはもうひとつ不確定なその他大勢は、チチのよく出る母親のやるとおり、ベッドの上にすわりこみ、みんなで乳房をべろべろ出して、まだはってもいない青すじがたってもいない乳房をもんだり搾乳器で吸いだしてみたり（スズメのナミダほども集まりません）して、七日間を過ごしました。見舞いの父親が入ってくるたび、その父親の配偶者以外は乳房をかくしますが、アカンボを産んだという意識と、チチを出す乳房を露出して何が悪いという意識がありますから、誰もあわてず急がず、ドードーとしたものです。

さて、たいていの育児書に書いてあるとおりに授乳というのはおこなわれます。つまりこう、片手でしっかりアカンボを抱きかかえて、片手で乳房をアカンボの口元にあてて、吸わせます。その時母親はイスだかタタミだかに坐っています。しかしこれは会陰切開していない人のポーズであります。会陰切開すれば、とにかくイスにさえ痛くて坐れません。そこで、助産婦の見ていない時はベッドの上で寝てやることを、わたしは考えついた。これは便利ですが、助産婦に見つかると叱られます。アカンボの息をふさいでしまう事故がある、ことがある、というのです。しかし、その後うちに帰ると母親の母親（おばあちゃんにあたりますが）はおおいに添い寝の授乳を奨励しましたから、そのまま、会陰が痛くなくなってもわたしは添い寝してチチをやりつづけたのです。

添い寝していてアカンボを殺してしまうというのは、アカンボがごく小さい時期にないことではないそうです。しかし、たいていはそういうこともなく、無事になんとか大きくなってしまいますし、大きくなればつぶしたって死にゃしません。母親の母親が覚えている育児なんていうのはたいてい、生まれたてでない、もっとあとのことですから、自信をもって添い寝がいちばんという意見が出てくるのでしょう。しかし、じっさい、添い寝というのはじつに気持ちのいいものです。アカンボにチチを吸われながらアカンボはだんだん眠り、自分もだんだん眠ってしまう、たいてい、いや、かならず、わたしも一緒に眠ってしまいました。これはほとんど夢幻《むげん》の境地です。アカンボが小さいときはさすがにこわいというかたには、せめて、アカンボがつぶしても死なない時期からでも添い寝してチチをやることをおすすめします。

しかし、初期の授乳で最大の問題は今までちんたら話してきたことなどではない。問題は、生まれたてのアカンボというものが、昼も夜もない、一時間とか二時間とかおきに、チチをほしがる、ここにあるのです。

わたしが今まで一年ばかりアカンボを扱ってきて、かっときて手をあげるか、思わず投げ落とすとかいうことはさいわいありませんでしたが、そういう心境にいちばん近かったのは、生まれたての一カ月間の、夜（昼間は明るいので問題は露顕しませんが、やっぱり一時間か二時間おきです）、一時間か二時間おきにぎゃーぎゃー泣いてチチを要求し、おとなしくなったかと思うとまた泣いてチチを要求し、わたしは寝てるんだか寝てないんだかわからず、しかも、まだ吸われるということに慣れていませんから、そこに気持ちよさをみいだすというより、半睡半覚の状態で乳首を吸われている、なんだか乳首ばっかり存在するような気になり、しまいには全身がいらいらとかゆくかきむしりたくなり、半分眠りながらも、眠れない、眠れない、こいつのせいで眠れない、こいつなんていっそいなければ、と考えた夜が幾晩かつづいたときには、被害者のような、加害者でもあるような、実に後味の悪い思いをしました。

結局、わたしの場合、どうしていいかわからず、困った困ったと毎日を過ごしていましたら、二カ月近くなって、ある日突然、一回か二回起きるだけになりました。こういうもんなのかもしれません。

わたしは、この時期、実家で親と暮らしていたのですが、夜、アカンボが泣くたび、わたしの母親も目をさまし、何くれと心配します。わたしは昔の人のご意見が大好きですが、母親の育児は三〇年も昔で、母親自身は覚えているつもりでもその実、もうほとんど忘れているのだということを考慮に入れなかったので失敗しました。孫かわいさに目がくらんだわたしの母親は、これはチチが足りない、ミルクをやれ、と主張します。しかしわたしはやりたくない。当然次の夜もアカンボは泣く。そーれみろ、と母親はミルクを主張します。しかし、ここで引きさがっては、母乳哺育という今どきのファッションにのりおくれます。それはファッションではありますが、同時に、わたしはやっぱり、人間は哺乳類である、哺乳類は自分のチチで育てるのが自然である、と思ってい

タオルをあてておかないと
左もふきだす
まず右を

つぎに左

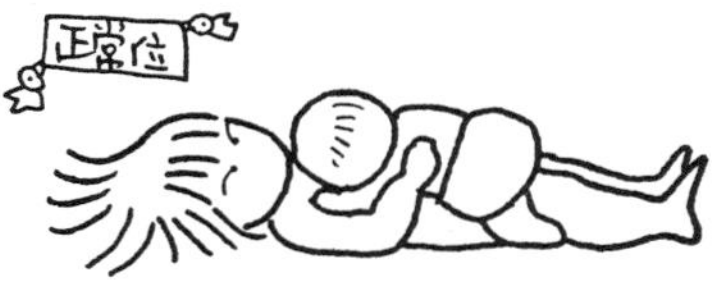
正常位

座位

ますから、ぜひ遂行したい。しかし、わたしを母乳で育てた経験者の、チチが足りない、というご意見にはまどわされました。ハラオビの時と同じように適当にあしらっておけばよかったのです。母乳哺育が挫折するのは、この時期の、こういう内外のご意見があるせいもある、とわたしは思います。

2　中期の授乳

中期はまさに、母乳哺育の黄金期です。妊娠している間も、なんだかへんに充実して充血して高揚して目的があってたのしい一時期でしたが、授乳の中期というのは、それに匹敵します。

生まれたての、はっきりいってかわいくもなんともなかったアカンボが、この時期、二、三カ月から四、五カ月でしょうか、むくむくとアカンボらしく太ってきます。しかし、アカンボは、母乳以外の何も食べていません。そしてその母乳というのは、このわたしが分泌したものです。

わたしたちはものを食べると太ります。たとえばケーキとかラーメンとかを連日食べつづければ急激に太りますが、アカンボの太る速度といったら、そんなものではない。つまりわたしのチチは、あらゆる太る食べ物、いいかえればおいしい食べ物よりも栄養がある、くりかえしますが、それはわたし自身が分泌したのです。

しかもチチは甘い。甘いものといったら、わたしが愛してやまないあんことかかのことかさくらもちとかくずざくらとかと、同じです。くりかえしますが、その甘いものをわたしが分泌する。

その上ミルクというのは原料が牛乳です。牛乳というのはパックにはいっていて、スーパーなどで売られています。わたしたちは一リットルにつき二〇〇円程度のお金を出してそれを買う。お金を出して買う牛乳と同じようなものを、くりかえしますが、わたしが分泌します。

つまりこの時期、わたしは、

○わたしが、食料と化して、このアカンボを養っている

○このアカンボの肉も骨もわたしが何もないところから作りあげたのである

○まだ何人も何人も無数にアカンボを作りあげて養うことがわたしにはできる

○わたしはあらゆるものの種子である
○わたしは腐葉土である
○わたしはもっと吸われたい
○わたしはもっと栄養になりたい
○わたしはもっともっと産みふやし、わたしのアカンボでこの地上をみたしたいという感情に怒濤《どとう》のようにおそわれました。それはほとんど、新興宗教をおこせるくらいの強いつきあげる感情でした。ところが五、六カ月以降、授乳の後期になると、残念ながらアカンボはチチ以外のものも食べるようになり、新興宗教の教祖様的高揚は半減します。

わたしのチチの分泌は、中期、四、五カ月がいちばんさかんだったように感じます。寝る前と夜中に充分に飲ませるのに、朝になってみるとチチは張りつめた乳房からもれてふとんをぐっしょり濡らしていました。

アカンボが乳首を吸いはじめると、乳房がしなびていても、何回か吸ううちに、突然両方が、じゅんっと音がしてチチがみなぎるのがわかり、ほとんど「ぼっき」ですが、乳房が盛りあがって固くなり、局部的にかゆみを覚えま

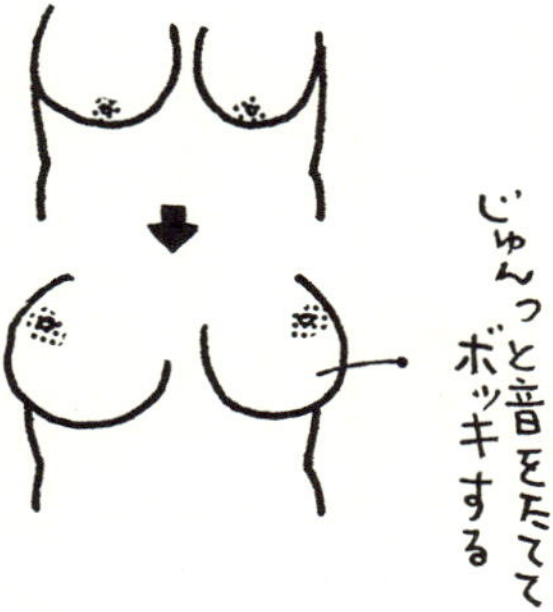
じゅんっと音をたてて
ボッキする

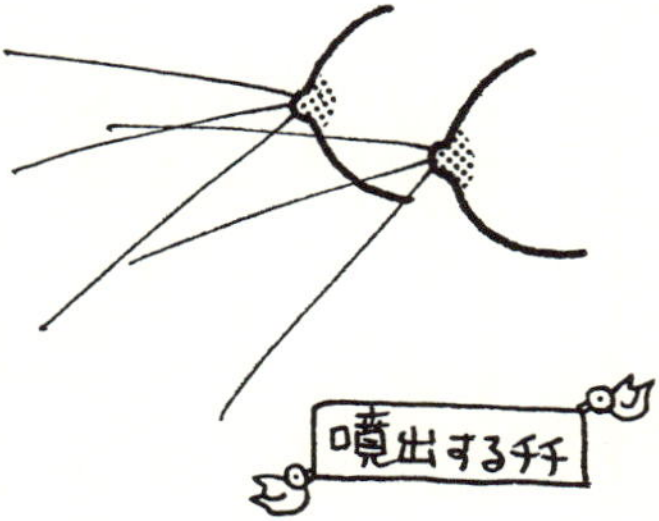
噴出するチチ

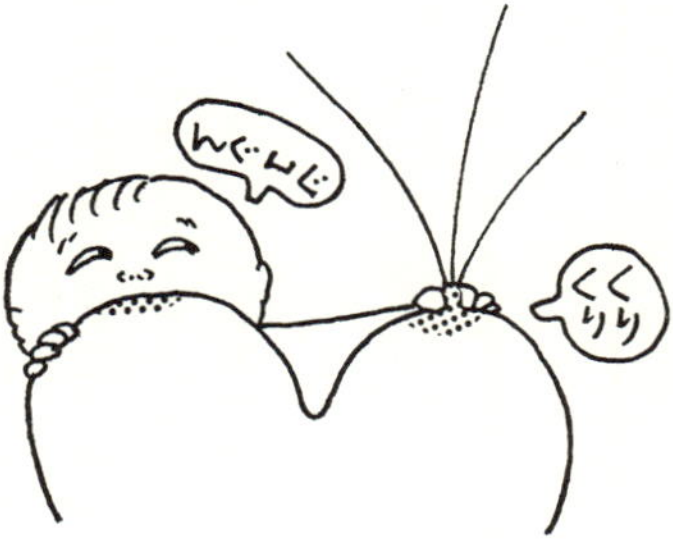
んぐんぐ
くりくり

す。これは押すか吸われるかしてチチを放出すればものすごくキモチがいいだろうと自分ではっきり予想できる状況です。つまり抜きたい毛。出したいウンコ。なにか入れたい女の性器とまるで同じ、いらいらに似た、ぞくぞくに似た、むずむずに似た、そういう欲求あるいは快感が強くある。アカンボはその辺を熟知していて、片方を吸いながら片方の、張りつめて先端ぎりぎりまでチチがきていて、一触即発の乳首を、ひとさし指とおや指でつまんで強くもむのです。教えたわけではない。教えて覚えるようなアタマはまだアカンボは持っていない。それが本能です。その、つまみ、もむ力は、的確で力強い。チチはものすごい快感とともに幾筋も噴出し、大きい弧をえがいて出つづけます。もちろんアカンボがもまなくてもチチはおのずから噴出しますが、キモチよさは足りません。

吸われる方から出るチチのあまりのイキオイにアカンボがむせて、おもわず口を離すと、ほとばしるチチが、アカンボの鼻といわず頬といわず目といわず髪といわず、火事場の消火器のようにふりまかれます。

3　後期の授乳

さて、新興宗教の教祖様にも似た高揚と充実は、授乳の後期になると、にわかに消えうせ、かわりに、ええいうっとうしい、という感情と、うっとうしいがこの乳房に吸いつくアカンボをいつまでも離したくない、という、相反する二つの感情に、心が揺れ動きます。つまり俗に言う「母親のエゴ」が出てくるわけです。

新興宗教の教祖様だった時、わたしは自信がありあまっていました。なぜならアカンボのためのおっぱいを持っているのはわたしひとりです。いくらじゃけんに扱おうと泣かせようと、乳房を出せば、アカンボは中毒患者のように、ヨダレをたらしながらまっしぐらに這《は》いよってくるのです。父親にはおっぱいがないから、どうしてもわたしのような、いやならいいんだよ、という主導権をにぎったつきあい方ができないのです。かわいい、かわいい、と何かにつけ連発して、ほとんど求愛しているように、こびることになります。この絶対君主的な立場はじつに気持ちのいいものですが、一つまちがうと、おっぱいファシズムに陥るように思えます。しかもアカンボはどんどん成長していくわけですから、いつまでも、おっぱいファシズムの傘下《さんか》にとどまってはいません、ということが、わたし自身がおっぱいファシスト的立場から抜け出した過程を思い出すと、言えます。

つまりこのころ、アカンボがチチのほかに、レバーペーストやパンがゆにはじまって、ウエハース、にんじんスティック、みかん、アイスクリーム、おいなりさん、シシャモ、チキンナゲット、トマト、せんべい、と、早いはなしがありとあらゆるものを食べるようになる。つまりこの時期のアカンボの肉や血や骨は、つまらないことに、必ずしもわたしのチチだけによるわけではなくなるのです。

その上ものを食べるからうんちがくさい。くさいうんちも相変わらず親が始末しなければならない。自分のアカンボのうんちだし、うんちを観察できるイイ機会だと思えば思えますが、やはり五回に一回はうんざりします。乳房を吸う力も強くなって、強くなりすぎて、気持ちいいというより痛いといった方が

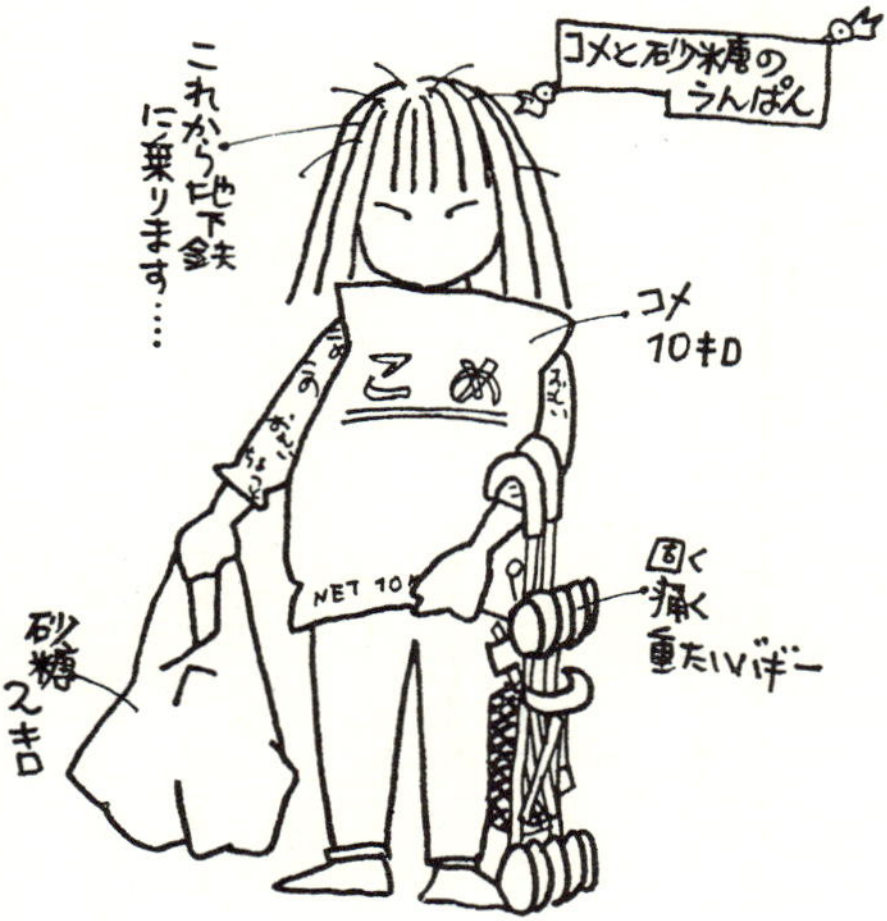
コメと砂糖のうんぱん
これから地下鉄に乗ります……
コメ 10キロ
こめ
NET 10
固く
重たいバギー
砂糖 2キロ

近いこともある。

その上アカンボも成長してきて、いつまでもただ寝ているだけではなくなります。這いずり動きまわり、そこらをひっかきまわすアカンボは、じつにのろのろして、かつ狂暴なものです。しかし、まだ歩きませんから、移動するときには相変わらずわたしが抱くかおんぶするかしなければならない。アカンボだと思うから抱いて歩こうという気になるので、一〇kg入りのお米のフクロだと思ったら、とてもそんな気になれません。しかもわたしのアカンボは生まれてのころから、ズータイは大きくて、一〇kgのお米になるのはすぐでした。その上ごく小さいころはまさしくお米のフクロのようにただずっしりと、モノ的に抱かれているだけだったのが、こっちに手足をまつわらせ、体重を預けてくるようになる。つまり抱かれるのがうまくなったともいえるわけですが、親は「とりつかれた」という印象を持ちます。

もうこのころになると、産めよふやせよの欲求は立ち消えて、とにかくこの背後霊のようなものがこれ以上重たくならないことを欲求します。

4　授乳の方法

なんといっても、寝て、添い寝してやる、これがいちばんです。まず肉体的にらくですし、精神的にも弛緩《しかん》しますし、その上、**自分が哺乳類である、**という昨今人間が忘れかけている大真理を再確認できます。

初期の授乳の項で、なかなかチチが出てこないと言いましたが、さてそれではどうすればいいか。まず、だれでもできるカンタンな方法として、しょっちゅう、年がら年中、チチをやっている、ということがおすすめできます。

泣けばやる、というやり方で、アカンボはほんとにしょっちゅう泣きますから、しょっちゅうチチをやることになります。その上に、たとえばアカンボが寝ているときなど、あ、たまったなー、と思えば自分で乳房をもみほぐしてチチを放出します。たまったと感じるのは、乳房がちょっとしこってきて、乳房の表面にセンが浮きでているような感じになり、そのセンのあたりがむずがゆく感じるような状態のことです。ただ、放出してしまうのはもったいない、ただでさえ出てるのか出てないのかわからないチチなのに、と考える時は、放出したチチをためて、冷凍しておきます。世の中は便利にできていて、チチをしぼる道具一式*（数百円のごく廉価《れんか》です）も売っていれば、チチをしぼってホニユウビンにためておく道具一式（ホニユウビンつきでたしか一五〇〇円くらいです）も売っているし、ためたチチを清潔にパックして冷凍庫にしまっておく道具一式（五―六〇〇円だったと思います）も売っています。冷凍ヂチは、わたしのように仕事でちょくちょくアカンボをおいて出なければならないものにとっては、すこぶる便利で、かつ、何とはなしに、精神的に安心感をもよおさせるものでした。

＊チチをしぼる道具一式…これは二五年前の価格です。今は廉価なものから高いものからたくさんあるようです。

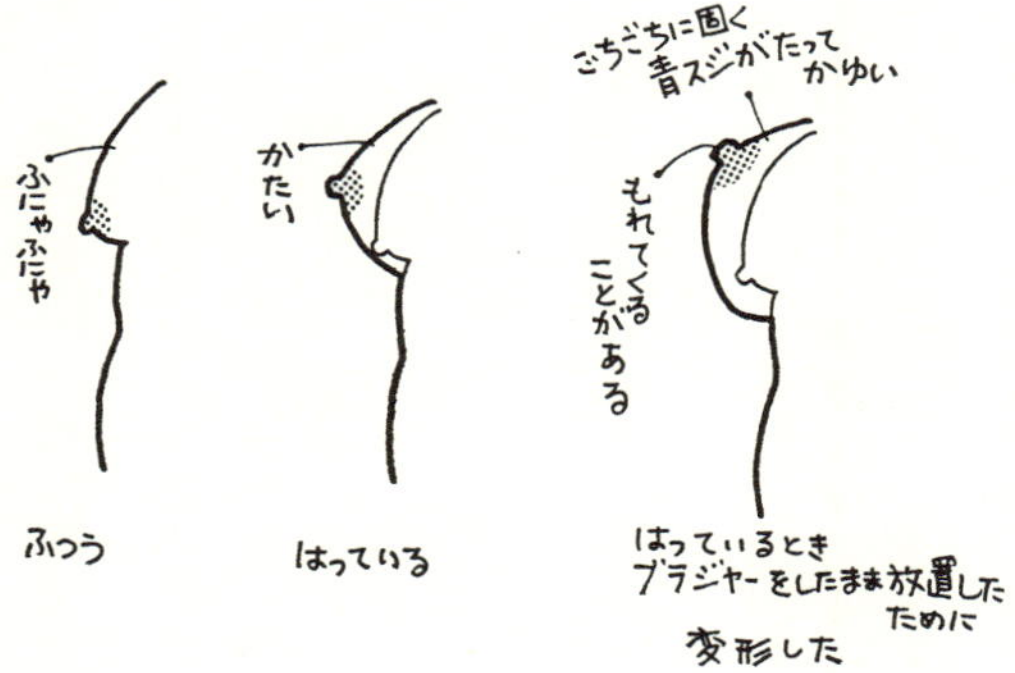
ふにゃふにゃ
かたい
ごちごちに固く
青スジがたって
かゆい
もれてくることがある
ふつう
はっている
はっているとき
ブラジャーをしたまま放置した
ために
変形した

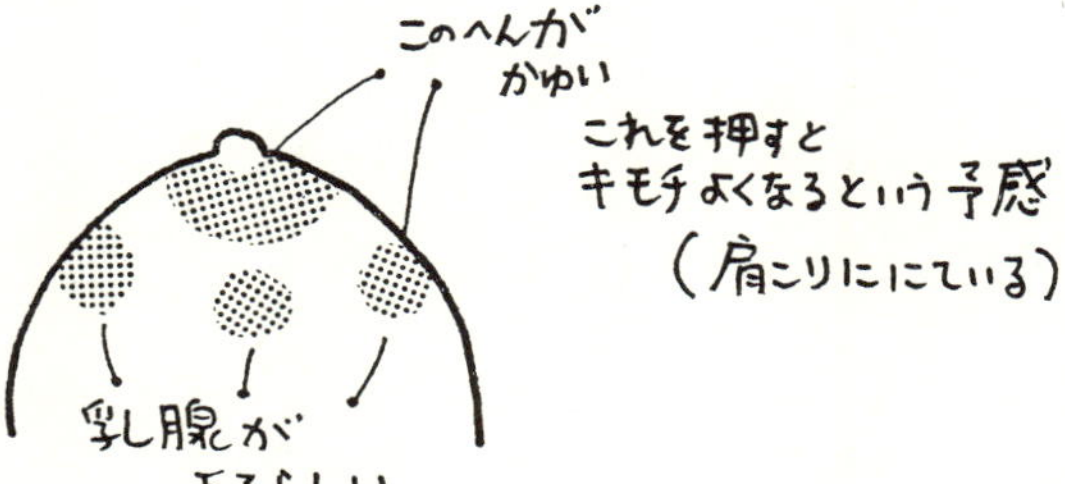
このへんが
かゆい
これを押すと
キモチよくなるという予感
(肩こりににている)
乳腺が
あるらしい

5　母乳の良い点

やはり最大の魅力は、中期の授乳の項でお話ししたような、妊娠期にも見合うくらいの、すさまじい充実感、精神的高揚、新興宗教の教祖様的な、人間の始源的な、そういう、強いエネルギーをうちにふくんだ状態をあじわえること。これに尽きます。

6　母乳の悪い点

授乳の後期の項で述べた「母親のおっぱいファシズム」に陥りやすいのではないかと思います。語調に確信がないのは、わたしが人工栄養、つまりミルクですが、それで育ててみたことがないからです。でもわたしの友達のあるだんなさんは、ミルクを作るからミルクをやるからもちろんおむつから何から全部こなし、ムスメの、母親なんてメじゃないというほどの絶大の信頼を勝ちとり

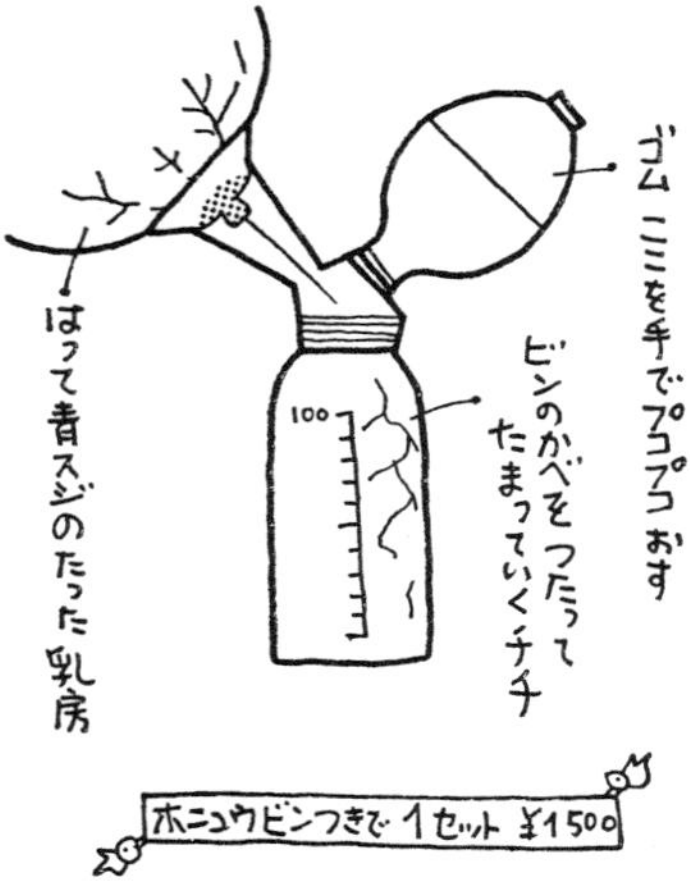
ゴム
ここを手でプコプコ おす
ビンのかべをつたって
たまっていくチチ
はって青スジのたった乳房
100
ホニュウビンつきで 1セット ¥1500

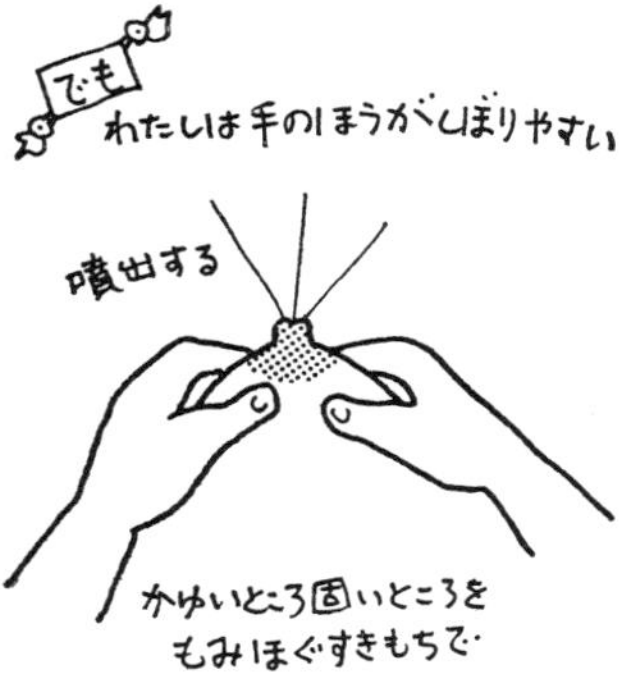
でも
わたしは手のほうがしぼりやすい
噴出する
かゆいところ固いところを
もみほぐすきもちで

ました。わたしもなんとか立派なファザコン娘に育てたいのですが、まだ時期尚早《しょうそう》のようです。もう少したったら、なんとかなるのでしょうが、今はまだ、わたしのチチに目がくらんでいて、そこまで至りません。

次に、アカンボをおいて外に出るのが、母乳だとたいへん不自由になります。つまりアカンボは何もわからないようでいて案外するどい。吸いなれている乳首、飲みなれているチチでないと、受けつけなくなるのです。というわけで、わたしのアカンボは、生後一カ月目くらいまでは、冷凍母乳や粉ミルクで留守番をしていたのですが、二カ月三カ月になると、もう何がなんでも飲まなくなりまして、わたしはその現場をみないからいいのですが、アカンボを置いていかれたわたしの母親やわたしの夫はたいへんだったようです。いちど出先から電話をしてようすを見たことがありますが、疲労こんぱいした夫の声の後ろでアカンボが、わたしが聞いたことのない、すさまじい声で泣きわめいていまして、聞いた時はぞーっとしました。ホニュウビンで牛乳を飲むようになったのは一年近くになってからです。

アカンボを置いて出ている方には何も不自由がないかというと、そうでもなく、まずチチがたまります。多少のチチならたまらせておけばいいのですが、多少どころじゃなくたまった場合、乳房は盛りあがって固まり、変形して、衣服の上からも、その奇妙な形が目につくような気がして、しかもさらにほっておけば先端からもれてきます。あっと気がついたら、Tシャツの胸が、乳首を中心にして、ぐっしょり丸く濡れていたなんていうのは、月経の血がしみてきて、Gパンに黒く出ちゃった、というくらいはずかしいことであります。つまりどっちもごく当たり前な粗相なので、当たり前だと開きなおればはずかしくないが、どうにかして、開きなおりに乗り遅れたりすると、生理的なことだけに、たいへんはずかしい、そういうことです。そういうわけでなんとかしないといけない。で、わたしはトイレに行って、乳房を出し、洋式便器の前にしゃがんで、便器の中にチチをもみだすわけです。チチは数本のスジになって、しゃーっと音を立てて、便器の中にたまった水を白濁させていく。このとき、チチの出る遅さにはすくなからずいらいらします。というのは、わたしは普通トイレに入るときはチチを出すのではなく、おしっこを出すわけで、おしっこというのは、チチに比べるとかなり勢いが強く、出るスジの太さも太い。そういうおしっこを頭にえがいているから、チチがよけい遅くチチとして感じられる（しゃれです）。

その上一カ所のトイレにこもっていると、はいりたくて待っている人にウンコしていると思われる。わたしは、この年になっても、どうもウンコを人前でするということに関してプリミティブなこだわりがあるので、知らない人にさえ、ウンコしていると思われたくない。そこで前掲のチチをしぼってホニュウビンにためておく道具一式を買いもとめて、それを見せびらかしながらトイレにこもることにしました。しかし、早い話が、アカンボをおいてなるべく出ないようにすれば、こういう苦労はなくてすみます。わたしたちのような、べつに勤めに毎日行くわけでもないが、たまに打合わせとかで外にでなくてはならない仕事は中途半端な上に、なんの保証もなくて、困ったもんです。

7　離乳

アカンボは基本的におっぱい以外の食べ物ははかばかしく食べません。親は

トイレでチチしぼり
うんこではない
うんこではない
うんこではない
と連呼したい

基本的にアカンボに食べ物を食べさせたい欲求を持っています。そこで『ベビーエイジ』や『わたしの赤ちゃん』*を見ながら手を替え品を替え、離乳食を作ることになりますが、アカンボははかばかしく食べません。そこで、せっかく作ったのに、と腹が立ちます。離乳の第一のコツは、親の食べているもの、もしくは残り物、もしくはその辺にあるものをアカンボにやることです。これなら残しても食べなくても惜しくはありません。腹も立ちません。

　そしてアカンボが自分からほしがるまではやらないことです。だいたい歯が生えてからやりはじめる、というのが哺乳動物としては常識的なせんなのではないでしょうか。

　そしておもしろがりながらやることです。アカンボにものをやるなんて、池のアヒルにパンくずをやるようなひとつのゲームです。

　わたしは離乳食について書かれた本の中に、細かくきざんで、とか、すりつぶして、とか、ほぐして、とか書いてあるのは見かけましたが、親の口とツバでかんで、というのは一回も見なかったのが不思議に思っていました。哺乳動物の人間は本来、親が口とツバでかんで*やっていたものなのではないでしょうか。そうすれば味も薄くなるし、柔らかくなるし、めんどうくさいのでだんだん固いものも食べさせてしまうようになるし、たいへん便利です。

＊『ベビーエイジ』や『わたしの赤ちゃん』…むかし、アカンボをそだてている親のために、こういう雑誌がありました。アカンボが一歳半くらいになると、『プチタンファン』という雑誌が待っており、そこではよく叱り方とか公園デビューとかが話題になってました。そしてその雑誌でわたしは「おなかほっぺおしり」という子育てエッセイを何年にもわたって連載しつづけておりました。

＊口とツバでかんでやる…最近は、虫歯菌がうつるので絶対やらないように、という指導がされているそうですよ。読者各自、個々の責任の上で、適当に対処してください。

8　断乳

わたしの基本的な姿勢は、やめられるまでやっていればいい、ということです。つまりコドモが、母親に、もうおっぱいはないない、と言われた時に、そうとうの未練や混乱はありながらも、なんとかやめられる、という年ごろになるまでやっているということです。穏やかにやめる。むだに泣かせない。

　ということは一歳やそこらでやめようとしても、コドモは何もわかりませんから、がってんしません。それまでおっぱいを吸いながら寝入っていたものですから、親がおっぱいをやめようと決めたところで、やっぱり寝る時はおっぱいをほしがり、おっぱいさえやれば五分で寝るものをおっぱいなしで寝かせようとすると一時間も抱いたり歌を歌ったりしなければなりません。コドモはぎゃあぎゃあ泣くからしまいには親もいらいらしてくる。暑い季節なら抱いて泣かれている方も抱かれて泣いている方も汗びっしょりになって、コドモがやっとあきらめて泣き寝入りしてくれた時には疲労こんぱいしています。これは確実に時間と労力の無駄でしょう。泣くにしてももうすこし泣き方に救いのある時期に、とわたしはコドモが一歳の時に試みて思いました。

　それにコドモというものが何かにつけ泣くからといって、われわれはその涙を当たり前のものとして受け取ってしまい、泣くのはコドモの運動だとかなんとか言いますけれども、コドモとしたらやはり泣くほどの理由があって泣いているわけで、その理由というのは快よりもむしろ不快です。なにもわざわざ泣かせることもあるまいと思うのです。

『小児必用養育草』（八八ページ参照）という江戸時代の育児の本には、次の子を妊娠して月の重なるにしたがい乳は出なくなる、その時にやめるのが、これ天理の自然なり、というようなことが書いてあり、わたしはたいへん納得したのですが（ついでに言いますと、そこには、初めて食べ物を与えるのは歯の生え出た時、と書いてあります）、ほんとうに次の子を妊娠すれば乳は出なくなるものなのでしょうか。それならほんとうに天理の自然、人間のからだは便利にできています。

しかしもしおっぱいをやっている時に、あるいはおっぱいの記憶がなまなましく残っている時に、次の子が生まれたりしたら、上の子にとって、母親をとられるという気持ちが、おっぱいの分も重なって、より強くなるのではないか。つまり嫉妬が倍増します。乳のみ児が二人という、こういうケースは昔だったら、下の子を里子にでも出すのでしょうが、今だったらやっぱり上の子を抑圧せざるをえません。

つまり次の子ができたらおっぱいをやめるということにすれば問題はないのです。親も何が何でもやめなくちゃという気になってますし、コドモもある程度大きくなっていてやめる時の抵抗が最小限ですみますし。

またうまいぐあいに、やめる時期というのはおのずからわかってきます。つまりおっぱいの出が悪くなる。乳房がすぐしょぼしょぼになる。吸われていると痛い。吸われるのがめんどくさい。うっとうしい。こうなったらもうやめる時期です。

授乳 Q&A

▽どうしたらおっぱいはよく出ますか。

▼よく言われるのは、おモチ、味噌汁、鯉《こい》こく、以上が母祖伝来の方法です。あと昨今は、牛乳とか、とにかく栄養のあるものをたくさん食べるというのが、基本でしょう。ただ最近、自然育児法とか山西みな子とか桶谷《おけたに》そとみとかが母乳についてたいへんよい研究および熱心なキャンペーンをやっていて、それによると、早い話が、日本の昔の貧乏な食生活をしろ、ということなのです。つまり雑穀類と野菜、豆、小魚中心の低カロリー食。おまけにタンパク質はアレルギーのもとになるので、同じものを毎日続けて食べない。わたしは産後、これを励行しまして、そのおかげか、それともたんに出たのかわかりませんが、とにかくチチは噴出しました。このやり方のもうひとつのメリットは、産後の不愉快な肥満が防止できるということです。ただあまりこのやり方に執着すると、ほとんど偏狭に、一歩間違えればノイローゼということにもなりかねない。

育児の過程というのはとかくそういう狭いところで悩みやすい要素を持っています。自分の今の状況に即して、「がさつ」に励行することです。

▽授乳により、乳房および乳首に、色、形、大きさの変化がありましたか。

▼以前わたしは「甘食」状の乳房の持ち主でした（もっとも最近はちょっと垂れぎみの甘食でした）。もっと若くてやせていたころは「甘食」でもなくて、ただの「レーズン」でした。それが今や「九五」の「Dカップ」です。しかしおそろしいことに、このサイズは一日に何回となく変動いたします。つまりちょっとチチをやらずにいると、紛れもない九五のDカップになりますが、チチをやってしまうと八〇のBカップくらいになるのです。わたしは九五のDの時にブラジャーを買いに行って、九五のDを断固すすめる店員に、これは一時的なものなのだということを説明するのにたいへん苦労しました。色についてはあまり変化ありません。形については完璧に垂れています。母、祖母などの乳房から考察するに、授乳が終わっても、乳房は垂れつづける*でしょう。

＊垂れる…はい、二五年後の今は、脇腹のあたりまで垂れ下がっておりまして、まさに「たらちねの」という昔々の枕詞を自分のカラダで実感するにいたりました。これは三人にチチをすわれまくっただけではなく、多分に遺伝、体質、筋肉の出来具合、そういう要素もからんでいると思います。

▽授乳時の快感と男性にもみ吸いされた時の快感に差はありますか。

▼昔は男性にもみ吸いされるのは快感でも何でもなかったのですが、このごろはなかなか感じます。といっても男性の技術はとうていアカンボのそれにおよぶものではありません。男性のはたんなるアソビです。つまらんのです。

▽母乳を与えている若い母親と同席してしまった若い男性は視線をどこに置くのが、いちばんよいでしょうか。

▼そうですね。わたしは千代田線の地下鉄の中でやったことがありますが（もちろんバスの中はお手のもんです。地下鉄のシートはオープンなのでちょっとやりにくい）、初めのうちはどうか見ないでくださいという必死な気持ちです

が、少しすると平気になって見たけりゃ見てもいいよ、という感じになります。というわけでまじまじというのはおっぱいじゃなくたって失礼ですが、見たけりゃ見ればいいでしょう。

▽一回の授乳のさい、片方のお乳で満足してしまった赤ちゃんの口に、もう片方の乳首を近づけるとどんな反応を示しますか。

▼口を開こうとしない。だいたいうちのムスメの場合はお乳に満足したときは、もう眠っています。

▽授乳の時、赤ちゃんの唇が乳首に届くまでの様子を説明してください。

▼まだ目が見えなかったころの様子は印象的でした。目が見える見えないにかかわらず、吸おうというきもちはおおいにあるわけで、口を、乳首をくわえる形にぱっかと開けて、乳首を探しもとめる口を中心に、顔を小刻みに振りながら、乳首に近づいてくるのです。はっきり言ってその時は、こいつにわたしは吸われてしまう、と恐怖を感じました。

▽母乳を飲みくだす赤ちゃんの喉の音を表現してください。

▼んむんむんむ、あるいはんくんくんく、げっげっ、んくんくんくんく。げっげっげっというのは出るおっぱいに吸う力が負けて、むせているのです。

▽自分の母乳をコップに入れて飲んだことがありますか。また、飲みたいという欲求はありますか。またご主人がそうしたことはありますか。

▼はい。好奇心はありましたので、やりました。しかしたいへんまずかったので二度とやっていません。まずその温度です。体温と同じ温度、おそらくおしっことも同じ温度、おそらく精液とも同じ温度、この飲み物に関しての冷たくもなく、熱くもない、という温度は、熱さも冷たさも知っているわたしたちには不快です。そして何の香りもなく、わずかにからだの内部を感じさせるにおいがし、甘みがついている。色は薄いカルピスです。牛乳のような濃い白ではありません。その徹底的に刺激を排除した中での甘みは、わたしたちにはかえ

って薄気味悪く感じます。しぼりたては泡を立ててコップの中にたまっていきます。夫が乳房を吸った時ももちろんありますが、アカンボが吸う時のようには乳は出てきません。わずかに乳首の先端に残っていた残り乳が味わえただけです。わたしも昔、猫が子猫におっぱいをやっているのをみて、子猫がやるように乳首を吸ってみたことがありましたが、一滴も出てきませんでした（吸う方も吸う方ですが、吸わせる方も吸わせる方だと思います）。

▽冷凍母乳の作り方と使用法を教えてください。

▼まず、母乳をためて冷凍しておく清潔なパックと栓とラベルのセットが売られています。搾乳器も便利なのが売られていますが、わたしは自分の指でしぼった方がよくしぼれました。ただしぼってパックに入れて、栓をして、ラベルに日付を書いて、冷凍庫へ入れればいいのです。必要な時に出してきて、室温で溶かすか、急ぎの時は湯煎《ゆせん》して、ホニュウビンで与えます。一カ月くらい持つともいいますが、なるべく早く使いましょう。わたしは生まれたてのころは、母乳を出すためにしょっちゅう乳しぼりしていましたから（しぼればしぼるだ

け、吸えば吸うだけよく出るようになります）、出た乳がもったいなくて冷凍しはじめました。そのうち仕事で冷凍乳とアカンボを置いて出るようになり、はじめの一カ月くらいは便利でしたが、そのうちホニュウビンからだと、冷凍乳だろうがミルクだろうが、頑として飲まないようになり、しかたがないので連れ歩くようになったわけです。そこで冷凍母乳の製造も打ち切りました。

▽母乳がいいことはよくわかりますが、母乳で育てることができない場合、ミルクだと、子どもに基本的な借りをつくっているような気がしませんか。そのへんはどうですか。

▼おっぱいファシズムについては、母乳の悪い点で触れましたが、もうひとつ悪い点は、そのファシズムが、自分のアカンボに対してだけでなく、ミルクで育てている他の母親に対しても向けられることがある、という点です。つまり、ミルクで育てている母親はなにがしかの負い目のようなものを、母乳で育てている母親はなにがしかの優越感を感じるということです。これはばかばかしい。それぞれにはそれぞれの事情があるわけですから。育児という過程でいちばん

大切なのは、母乳でもアカンボの発達でもなくて、自分に合わせてがさつにずぼらに育てることのように思います。なんかそんな気がします。ところで、わたしの夫は、おっぱいというのは育児に積極的に加担しようとする父親の敵だ、と主張しています。もう次の時はぜえったいにおっぱいだけでは育てないぞ、と言っています。つまりおっぱいだけで育てていると、どうしてもある時期、母親べったりになって、父親には目もくれない、ということになる。これはこれでコドモの育っていく上でそれなりの必然性はあるとは思いますが、父親としちゃやりきれない。ミルクあるいはせめて混合であったら、そのへんの偏りは少ないわけで、父親がアカンボの世話をしようとする時の大きい障害にならなくてすむというのがその言い分です。

二五年後からの言及「授乳とは」

生気にみちあふれていました、この頃のわたしは。生理的にはなんでもできると思っていました。未来はわたしがこの手で（実は、この子宮とこの卵巣とこの乳房とこの乳腺で）拓《ひら》いていくものと確信してました。病いも老いも、わたしの辞書にはないと断言してました。死にはいつも興味がありましたが、ファンタジーとしての死でした。それは、すべて生につながっていました。そして生は、わたしが生みだしていました。

人間、ときにはこのように、ワレを忘れて高揚感に身をひたすということも大切なんじゃないでしょうか。この高揚感、多幸感があるから、もっともっとアカンボを産み殖やそうという気になるのであります。

わたしなんかこれを再現したいがために、まだ第一子が乳房に吸いついているときに第二子の妊娠を計画したし、十年もあとになって第三子を妊娠しちゃったときは、諸般の事情でさんざん悩んだのですが、忘れていたこの感覚がふとよみがえり、海辺にたっていたら潮がみちてきたときのように全身に快感がひたひたと打ち寄せて、思わずため息をつき、矢も楯もたまらず、産もう、と決めました。

コドモってものは、産んじゃいますと、そのあとさんざん苦労します。とくに思春期の苦労は幼児期の子育ての苦労なんてメじゃないほどなのですが、その将来の苦労をさしひいても、やっぱりこの時期の体験はすばらしかった、貴重であった。この経験があったからこそ、わたしはわたしとなり得たと言い切っても過言ではありません。授乳するみなさんに、同じような体験が、濃厚にふりかかってきますように。授乳しないみなさんには、ほんとに、申し訳ない。しかしその心の痛みをおしやってまでも、だれかがことばにして伝えねばならぬ快感であると、わたしは思い定めたしだいです。

育児編

1　発育の過程

一二カ月までの乳児の発育過程は次のとおりです。

一—二カ月　忘れた
二—三カ月　忘れた
三—四カ月　忘れた
四—五カ月　忘れた
五—六カ月　忘れた
六—七カ月　忘れた
七—八カ月　忘れた
八—九カ月　忘れた
九—一〇カ月　忘れた
一〇—一一カ月　忘れた
一一—一二カ月　忘れた

結論として、発育する過程はすぐ忘れます。アカンボはどんどん変化しますが、とにかく今現在しか親はアタマにありません。たとえば寝がえりとかハイハイとかができる。その時はすごいことができるようになった、と感動しても、次の段階のことができるようになれば、前できたことはたいしたことのないアカンボくさいことになります。もしかしたら生まれた時からこんなことはやっていたんじゃないかとさえ思います。つまりカノコは、わたしにとって、生まれた時から、頰にごはんつぶをくっつけて伝い歩きしながらそこらのものをひっかきまわしているカノコに見えるのです。

2　おっぱい

「授乳」の項を見よ。

うちは今だにこれです。技術不要
かんたん股おむつ

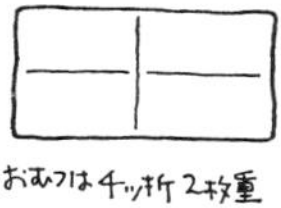
おむつは4ッ折2枚重

べんりな紙オムツ
おしっこがゼリー状のぐにゃぐにゃになる

3 うんち

ウンコではありません。アカンボのうんちは絶対にウンコと呼ぶべきではないのです。うんちと親しくなれる、人のうんちしているところ、人のうんちそのものをまじまじと観察できる、できるどころか、さわれる、これは子育ての醍醐味といえます。

たいていの育児書にはカラーページで、いろんな便（うんちのことです）がのっています。「便（うんちのことです）を見るときは、水分が多くなっているか、回数が多いかという点に注意してください」とその脇に書いてあります。「においが悪いかどうかも大事です」とも。

おっぱいだけで生きている頃のうんちのニオイはプレーンヨーグルトに似ている、というのはごく陳腐な類似です。しかしもっとすてきな類似があります。炊いているごはん、炊きたてのごはんのニオイそのものなのです。当然、プレーンヨーグルトとごはんのニオイは似ていませんが、おっぱいうんちのニオイ

は両方に酷似し、わたしはごはんを炊いている最中に、あっ、うんちした、と
おむつをさぐってみることがしばしばあります。
アカンボのおっぱいうんちは、便（うんちのことです）のカラーページによれば、単一症候性下痢便もしくは乳児下痢症とかいうのであって、つまりいつもやわらかい、カテージチーズのようなツブツブの混じった黄色いねっとりした下痢うんちなのです。トイレでふるい落としてもまだぬめぬめした黄色がこびりついていて、ごしごしこすらなければいけません、手で。
ところがそういうやわらかいうんちなのに、二日にいっぺん、三日にいっぺんしかしない。これは便秘ではないかと気になる。すごく気になる。四日目五日目になると何だか口からもりもり出てきそうで気色《きしょく》が悪くなって、ついに肛門に綿棒をつっこみ、すぽっと容易に入りますが、なるべく中で大きくかきまぜるようにぐるぐる回すと、まもなくもりもりもりもりと三、四日分のやわらかいうんちがあとからあとから出てきます。その後いろんなものを食べるようになると、オトナのような糞臭（育児書にありましたが、いいコトバです）と形のあるうんちが出ます。

この間、乳児下痢性とかいうのではない、もっと過激な下痢をしたときには、おむつを替えている最中にもぴゅっと飛ぶように出ました。ＳＭの雑誌で見た浣腸後のうんちの出るところとそっくりでした。

さておむつの始末ですが、うちは、バケツに水を張っておいて、おしっこのはそのまま、うんちのは簡単に洗ってからそこへ入れます。うちのセンタク機はおフロ場にあるのですが、そのバケツの水をそのままおフロ場に捨ててから洗っていたところ、数日でおフロ場全体がクミトリトイレ様におしっこくさくなり、以後、たいへんめんどうですがバケツの水はいちいちトイレに流してからセンタクすることにしています。うんちのおむつはトイレ（うちは和式です）で水を流しながらブラシ、これはじつは便器についたウンコをゴシゴシやるためのものですが、これでゴシゴシやるとかなりキレイになる。それを便器の水たまりの中へ手をつっこんでしぼって、おしっこバケツに入れておくわけです。

センタクは夫の役目ですが、あの人はおむつと自分のシャツを一緒に洗おうがタオルを洗おうがかまわないタイプの人なので、よくは知りませんがおそら

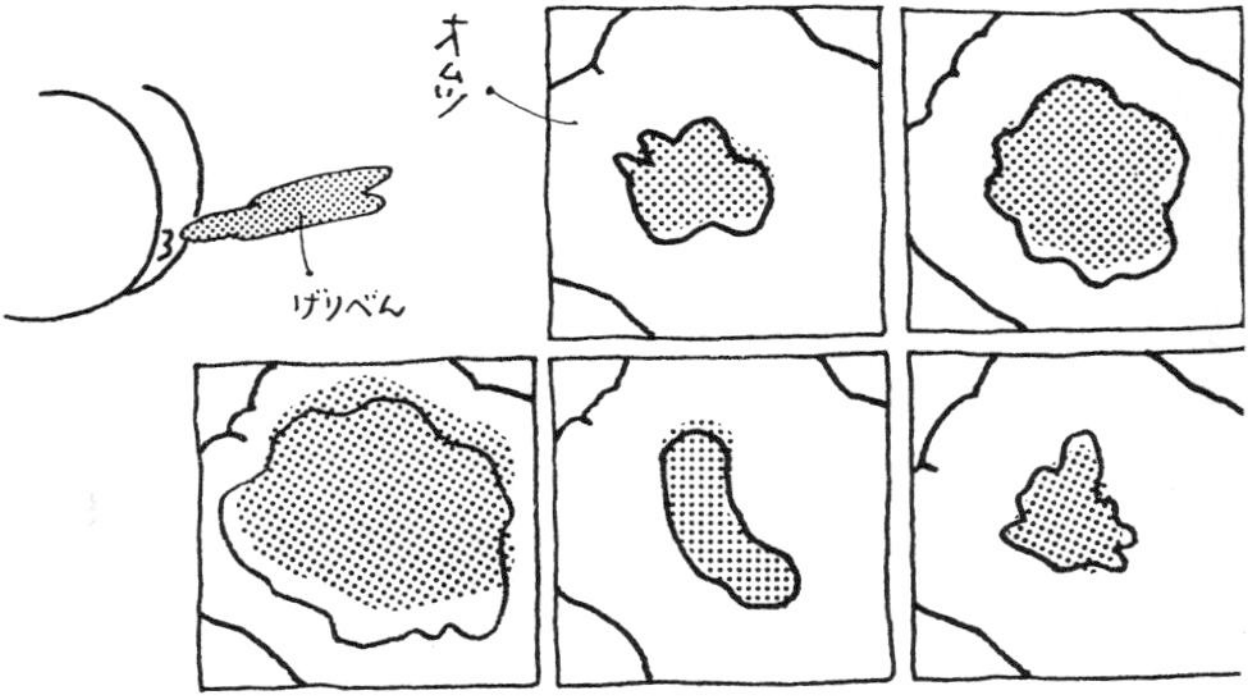
オムツ
げりべん

めんぼう
アカンボの肛門
ずっぽり

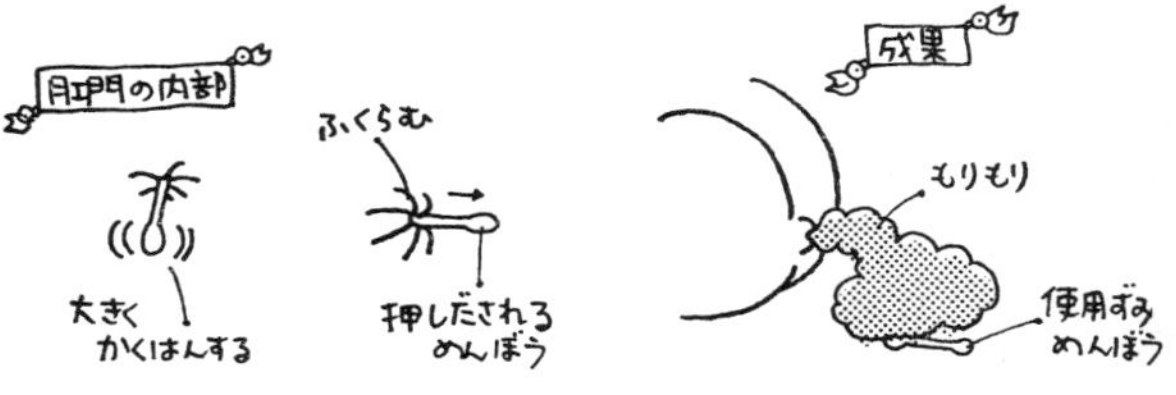
肛門の内部
大きく
かくはんする
ふくらむ
押しだされる
めんぼう
成果
もりもり
使用ずみ
めんぼう

く一緒くたに何もかも回しているようです。もちろんわたしも、おむつと自分のパンツを一緒に洗おうがフキンを洗おうがハンカチを洗おうが全く気にならないタイプです。

4 げろ・よだれ・はなくそ・ごはんつぶ

省略します。各自で研究してください。

5 しっしん

たいていの育児書には、うんちと同じく、しっしんのカラーページがあります。これはうんちのカラーページより数倍凄みがある。おむつかぶれとかとびひとかあせものよりとかいう、生命に別状のない病気の写真のはずなのに、それはまさしく死体写真のおもむきを呈しています。目を黒線で隠してある患児たちはみな、最近コドモがかわいくなった風潮に逆行してせいぜい昭和三〇年

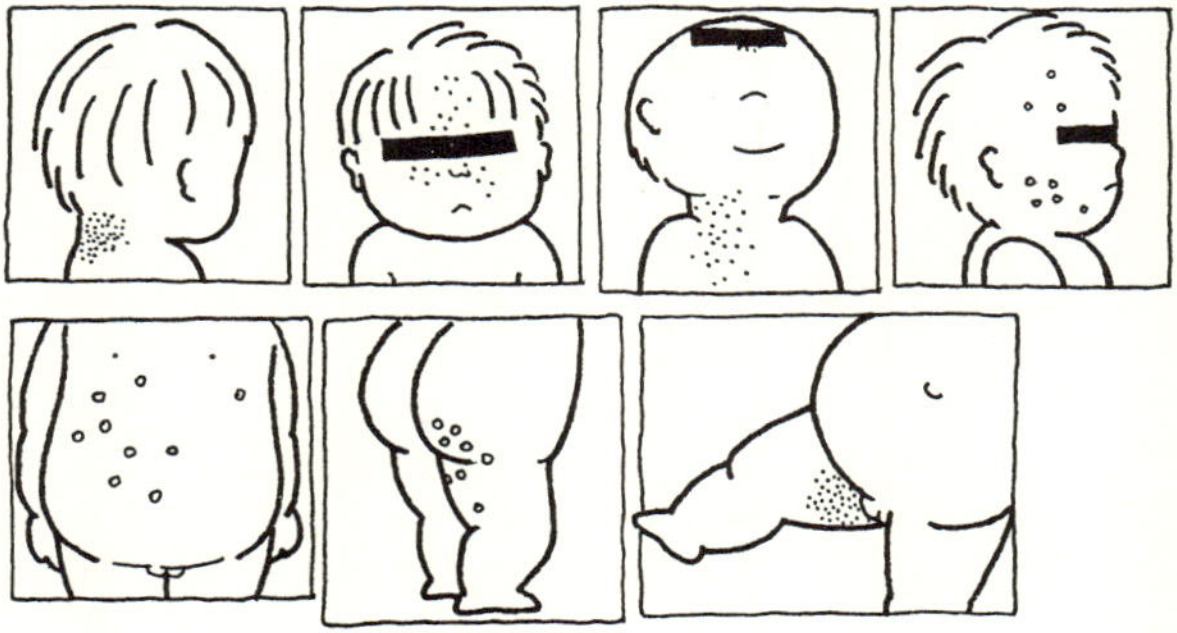

代のコドモの顔をしているし、どの子もみな一家心中の被害者のようにそこにうつっている。つまり写真の中で、しっしんに人間が負け、人間はほとんど死体化してしまっています。その死体化した、しっしんのあるヒフが、ハエの死骸の山のようでわたしは怖ろしい（わたしは「ハエの死骸」が怖ろしくてたまりません）。そこにあるかゆみが、ページを超えてこっちに伝染してきそうな気がします。うんちのカラーページもこの臭さがページを超えてこっちにくっついてしまいそうですが、それは洗えば落ちますからへいきです。

とにかくアカンボというものは、しっしんができるようにできている。カノコはアカンボの中では中の下くらいのしっしんのできやすさですが、とにかく育児が日常化する過程で、しっしんというものが日常化して、育児書のカラーページの一家心中の死体写真が日常化するわけです。

6　あやす・しかる

まず、「あやす」からいきます。

なにしろ日夜アカンボに接してアカンボのようすを観察しているわけですから、自然とアカンボがどうやったら笑うか、というところで、その母親なり父親なりの工夫がなされてきます。どういうわけか、親はアカンボが笑えばうれしい。たとえ相手が生まれたてのアカンボで、笑っているのではない、偶然顔がゆがんだか何かで、笑ったように見えたのだ、ということがわかっていても、親はアカンボが笑えばうれしい。そういうわけで、アカンボが笑うように、親はしむけます。それが「あやす」です。

具体例を申しますと、うちは、アカンボが二、三カ月のころ、「蚊だ」というのに執着いたしました。ある日たまたま「蚊だ」とアカンボの前で言いますと、アカンボがキャキャキャキャと笑ったのです。そこで図にのったわたしはアカンボの前で、わたしの顔を近づけたり遠ざけたりしながら、「蚊だ」と繰りかえしました。

その次にやったのが、「アカンボのくせに垢がよれるぜ」というのでした。これなんか、たまたまアカンボの皮膚をこすったらたまたま垢がよれたのでたまたま言ったことばにアカンボがたまたまいたく感動しキャキャキャキャお笑いになったので、やめられなくなった例です。いずれにしても原理は「いないいない、ばあ」とさして変わりませんので、技術は不要です。「かのちゃんは、おりこうだ」「なんでそんなことをするんだろ」「歯なしの小ぼうず」「そーか」以上つぎつぎに開発したわたしのうちのあやしことばの一例です。

さて、笑うとうれしい。これはあたりまえです。だから「あやす」。ではあたりまえではないのに、不思議に快感を感じるのは何か。それは「しかる」。「しかる」は成長にしたがってどんどん領分をひろげていきます。アカンボはほんとにぐちゃぐちゃです。親が、家族が、家庭の秩序が、そして他者が、やってほしくないことをどんどんする。それに対して親は、いけない、あぶないを教え込まねばならない。

わたしはときどきこわい顔をして、アカンボのてのひらをぴしっとやります。するとアカンボは泣く。はじめはハッとして泣くといった条件反射的な泣き方ですが、成長するにつれ、だんだん、「しかられる」がわかってき、すぐ泣かずに、一〇秒か二〇秒くらい唇をとがらせて泣きたいのを必死でこらえたあげくに泣くようになる。その瞬間の、複雑な、被害者然とした、被虐的な、アナタはツヨイ、ワタシはマケタという表情と態度。それは「しかる」と言いつつなんかとても「いじめ」に近いぞとわたしは何度も思いました。いじめとは自分の力をもって他者をコントロールすることである、とも考えました。

しかも叱る親は、これはしつけで、わたしはこの子をそだてているのだという、葵のご紋を持ってるようなものだ。後ろめたく思う必要なんてないのだ、自分のしたいようにしつける……とかなんとか言ってるうちに、歯止めがきかなくなるときがある。気をつけましょう。

7 まとめ

育児のやり方は、時代によって猫の目のようにくるくる変わります。最近はとにかく、母乳で育ててよく抱いてやって生まれたてのころからよく話しかけてやれば、まずまず問題なく育つのではないかと言われています。つまりなるべく自然に自然に母親の愛情をそそいで、ということになってきたわけです。これはいいことだ。大昔、人間がまだ食うことでせいいっぱいで、どんぐりや木の根を拾い食いしていたころから、人間はコドモを生んで育ててきたわけで、自然にやればたいていできる、とわたしは思います。しかし、よく抱いてよく話しかけて、というスローガンは一見自然に見えますが、じっさいあんまり自然じゃない。それはなぜか。

生まれて半年くらい経たねば、アカンボというものは、こっちがいくら話しかけようと、はかばかしい反応がないのです。そりゃ親ですから、始終アカンボを見ているわけで、そうするとちょっとした変化も、アカンボが反応したととればとれます。じっさい昨今の実験とか研究とかによると、アカンボというのは生まれた直後からある程度の知覚はあるそうですし、すでに胎児のころからそういう知覚はあるそうだ。でもそれは、われわれ母親が肉眼で感じるアカンボの能力ではない。重箱のスミをほじくるみたいにして、アカンボの能力を見極め、さあ、だから母親はアカンボを抱いてやれ、さあ、話しかけてやれ、赤ちゃんはなんでも見ている知っている、と来たひにゃほとんど迷惑です。

それでも母性愛を持たねばと思いつめる親は、生まれたてのアカンボのオムツを替えるたび、おっぱいをやるたび、だっこするたびに、なんだかんだと話しかけるでしょうが、そういう光景は、花を育てる時に話しかけてやればよく育つという、真実ではありましょうが不自然な理論を、忠実に遂行して、毎日水をやりながら「やあ、きょうもきれいだよ」などとバラさんやトマトさんに話しかけている光景の薄気味悪さに、また仏壇を前にして毎朝毎晩線香をあげながら「きょうはお父さんの好きな肉じゃがに、ひややっこよ」とか話しかけている光景のクサさに、通じるところがあります。

などと文句を並べたてましたが、じつを言うと性格的にわたしには、この、話しかけるというのができないのです。あきちゃう。おもしろくないから。やっぱり相手がウンとかスンとかアーコリャコリャとか言ってくれないと、話しかけようという気になれないのです。話しかけなさいと産んだところの先生にも言われたし、本にも書いてある。でもおもしろくないから続かない。

その上、テレビをみながらおっぱいをやってはもちろんいけない。本にはそうも書いてあります。わたしはさいわいテレビは見ないのでやりませんでしたが、マンガや本を読みながらはよくやった。そうでもしていないと、おっぱいをやっている時間がもったいなくて、時間がもったいないと思うとつい急いで切りあげてしまって、またすぐアカンボがおっぱいをほしがるという悪循環です。わたしは自宅就労者なのでいつも身の周りに仕事があり、いつも時間がもったいない。

つまりわたしとわたしのアカンボはただそこにいっしょにいるというだけで、なんらのコミュニケーションもなく、わたしはわたしでマンガを読んだり仕事のことを考えたりしているし、アカンボはアカンボでてきとうにボーッとしている。これではいけない。アカンボがちゃんと育たないのではないか。良い母親かどうかはさておいて、まじめな母親であるわたしは悩みました。

しかしそこで考えた。伝え聞く昔の農村はどうでしょう。よく郷土人形なんかでふとんをしいたかごにアカンボが入っているのを見ます。アカンボはああいうかごに入れられて、野良仕事をしている母親のそばで一日の大半を過ごしたのに違いない。話しかけ抱きあげていないと育たないのなら、母親にかかる負担が大きすぎて、人間はとっくに絶滅している、とわたしは思います。

何事も母親（つまりわたし）のできる範囲で、とわたしは思うのであります。精神的にも肉体的にも無理をしたら、たいへんなのは母親で、コドモはあんがいどんな状況でも元気に育っていくに違いない。
　というわけでわたしは話しかけてやらない、おっぱいをやりながら本を読むという非常識なことをずっとしていたわけですが、わたしのアカンボは育ちました。その上自然の摂理というのはよくしたもので、アカンボが育ってきて八カ月とか一年とかになれば向こうから「だー」とか「ぷーたーぷーたー」とか話しかけてきて、するとたいへんおもしろく、つい用もないのになんだかんだ話しかけてしまうようになってきます。そういう、コドモになんだかんだと話しかけている自分に気がついた時は、模範的な母親になった気分で、うつくしい「ぼせいあい」（なぜかひらがな）にわれながらうっとりといたします。

　さて、復習してまとめます。

がさつ
ぐうたら
ずぼら

何しろこれさえきちっと押さえれば何も問題は起こりません。育児ノイローぜも子殺しも大丈夫です。がさつ、ぐうたら、ずぼら。何度もくりかえして覚えておきましょう。じつに美しい濁音の響きです。がさつ、ぐうたら、ずぼら。

中でもとくに大切なのは、ずぼらです。わたしは生来の性癖が、幸いにもすでに、がさつでぐうたらなのですが、ある一面、ずぼらになりきれないところがあって、そのへんを工夫しなければいけないと思っていました。

そこで考えたのが

①写真をとらない

②記録しない

です。つまりコドモの成長を把握することをやめるのです。中にはどうしても写真をとりたい、ビデオにとりたい、詳細に書き残したい、録音したいという熱心な人もいる。そういう人たちにとって、これはたいへんつらいことです。しかし、この二点をクリアしなければ、ずぼらな育児はできないと思って下さい。

育児とかなんとか言っても、最終目標は「コドモを生かしておくこと」です。つまり、死ななけりゃいいのです。多少ケガしようがカゼをひこうがヤケドしようがゲリしようが泣こうが泣かされようが、死ななけりゃいい。その上いざという時には、医者というものがたいていの病気やケガは治してくれます。そこで、できるだけアカンボから目を離し、手を抜き、がさつでぐうたらでずぼらして、アカンボを酷使《こくし》するのです。おかげさまでカノコは生きています。

長い育児のことですから、危機というか、がさつやぐうたらやずぼらではすまないことが何度かあります。それが次のことです。

○おむつはずし
○離乳
○断乳
○一人歩き
○ことば

なぜこれらが、がさつぐうたらずぼらですまないかというと、よその子と比較検討してしまう、このことに尽きます。

それならよその子と比較検討しなければいい、というのは簡単ですが、してしまうのが「親心」と申せましょう。特に比較したくなるのが、一人歩きとことばとおむつはずしでしょう。断乳については、母親の心のうちに、まだやめたくない、この乳でこの子をいつまでも自分につないでおきたい、という気持ちがないわけでもないので、そんなには他人が気になりません。離乳は人それぞれという意識が「親心」の中にもありますが、どういうわけか親はコドモがものを食べているのを見るのがうれしい。おっぱいにコドモが執着するのを見る時とはまた違ったうれしさがありまして、つい食べさせたいという点に執着してしまい、コドモに食べ物を強要してしまう反**ずぼら**的行動をとる、ということになります。

さて、一人歩きもおむつはずしもことばも断乳も、小学校に入るころになればたいていなんとかなってる、というのがこれらのことに執着してしまう（**がさつぐうたらずぼら**でいられなくなる）時の切り札です。

わたしはいやなことがあると、たとえば、明日テストだとすると、あさってにはもうテストは終わってできてもできなくても苦しみから解放されているだろう、失恋しそうだとすると、一カ月もすれば失恋するしないにかかわらずカタがついてるだろうと考えることで、それを耐えしのんできました。おむつはずしのめんどくささも断乳のめんどくささも、このコドモが小学校に入るころにはもうなくなっているはずだから、それまでの辛抱と思っていればよいのです。じっさいめんどくさいのは、おむつをしているということそのものではなくて、おむつをはずそうとする試行錯誤と努力の過程です。断乳は、おっぱいのないことにコドモが慣れるまでのコドモの泣き声がなによりうっとうしい。

つまりおむつならときどき替えてやればいいものを、おむつをとる過程ではおむつの替えの他におまるにかけたり、おむつを外しておいたら教える前にしてしまったり（おしっこならまあいいのですが、うんちなら後がたいへんです）、つまりその度の期待と失望がなんとも精神的に疲れさせるのです。

うっとうしくてめんどくさいことはやらなければいいじゃないか、とわたしは、じつは思っています。おむつはコドモが、お母さんおしっこ、とする前にちゃんと教えにくるまでさせといて、おっぱいは、未練がありながらもコドモがコドモなりに納得して泣かずにやめられるまでやっていればいいのです。もちろんおむつを洗いたくない人やおっぱいをやるのがうっとうしくなった人は、より楽にできる方を選べばいいのです。

しかしそう思っていてもなかなかできないのが浮き世のさだめでして、保育園の先生やかかりつけの医者から、一歳くらいの時に、もうおっぱいはやめた方がいいとか、そろそろおむつをはずす練習をしましょうとか言われたりして、他の子がもうとっくにできているということになると、じゃあウチも、という気にならざるをえないのです。ここで、いえ、ウチはしつこくやっている主義ですから、などというのはわたしは嫌いです。何にかかわらず、主義というのを持たないい主義なので、すぐ人のいいなりになる。これが、**がさつぐうたらずぼら**の奥義《おうぎ》です。

育児 ―― Q&A

▽育児してて、心配だったこと、気になったことは？

▼その時々によっていろいろとありましたが、たいていは喉もとすぎれば熱さわすれる心頭滅却《しんとうめっきゃく》すれば火もまたすずしで、すぐ忘れます。たとえば、思いおこしてみれば、食べない、食べすぎる、いつまでも寝ない、早く寝すぎる、便秘する、下痢する、湿疹がある、風邪が治らないなど、各種さまざまなことがありましたが、いずれも二、三日から一週間くらいで、なんとかかたがつくものです。ただ一歳をすぎると確実にからだのトラブル（熱や風邪やそういうこと）が多くなります。そういう時期を経てだんだん強くなっていくのだそうです。

▽男の子と女の子の違いは？

▼一歳くらいじゃまだ区別はつきません。わたしは女の子や女の幼児のこれみ

よがしに女女したピンクやフリルのヒラヒラキラキラした格好してるのを見るのがどうもいやで、なんだか無駄に色気づいているみたいで、ああいう格好だけはうちのムスメにはさせまい、と、ちょうど友人が男の子の服のお下がりをくれるのにかこつけて、ずっとムスメに女の子の服を着せずにきました。でも最近、それはもしかしたら、拒否ではなくて、ないものねだりなのではないか、と思いあたりました。つまりペニス欲しさから、ムスメに男装をさせているという不自然さ。で、このごろは女の子用の服も着せています。誰でも必ず色気づく時はあるのですから、いかに醜悪でも母親としては許容することにしました。しかし最初に言ったように、一歳では、女の格好をすれば女に、男の格好をすれば男に見えてしまいます。

▽育児ノイローゼとかマタニティブルーとかになりませんでしたか。

▼いえ全然。わたしはどうも生理的な変化に動揺しない体質のようです。しかし、どんな人でもなるときはなる、ホルモンの問題で、よわいのできないのという問題じゃありません。落ちてるなと思ったらすぐ外部に助けをもとめまし

ょう。

▽猫を飼っているとききましたが、猫は赤ん坊をいじめませんか。

▼生まれたてのころは、ただただ親の寵愛を自分から奪ってしまった新参者めという目つきで、遠くから眺めていましたが、最近はどこへでもついて歩いて、ちょっといなくなると表まで出ていって遠吠えをしながら待っています。とうぜんカノコはしっぽをつかんだり、毛を抜いたり（うちの猫は長毛種の雑種です）、いろいろと非人道的なことをしますが、猫はじっと耐えていて、我慢ができなくなれば立ち上がってよそへ行きます。決して爪を立てたりかんだりしません。ただちょっとうちの猫は以前からふしぎな性格をしている上に、遊びとしてのSM（ものさしでひっぱたくなど）を喜ぶので、一般の猫についてはわかりません。

▽赤ちゃんを見てて、ついおもちゃにしたくなることはありませんか。

▼育児というのはそういうことです。

▽いつごろから外に連れて行きましたか。

▼満二カ月からです。松浦寿輝さんの某大学の授業でわたしの詩を扱うというので、連れて行ったのが最初です。教室でわたし好みの男の学生さんがわたしの詩について発表しました。途中でカノコがぐずるのでおっぱいをやりました。その時、他の同世代の友人たち（男）も来ていたのですが、わたしがおっぱいをやり出すと、Kさんは平然と見ていて、Nさんは目をそむけるのです。その反応がおもしろく人前での授乳にヤミツキになりました。授業が終わったあと、みんなで生ビールを飲みました。冷房が寒かったのでカノコはタオルでくるんでおきました。もちろんまだ首がすわっていなくて、いつも抱いていなければなりませんでした。それ以来、カノコはどこへ行くにも一緒でした。最後に連れて仕事に行ったのは一〇カ月のとき、吉本隆明さんとねじめ正一さんとの鼎《てい》談《だん》でしたが、ちょこちょこ伝い歩きして、あの吉本さんにしなだれかかるし、テーブルはひっくりかえしそうになるしで、仕事場に連れて出る限界を感じました。

▽どうやって連れて歩いたのですか。

▼図解説明いたします。

▽舞台の上でおっぱいをやるパフォーマンスをする、とききましたが。

▼カノコがどこでもかまわずおっぱいを要求するので仕方がなかったのです。というのは大義名分で、おっぱいを人前で出す快感が、もっと大勢の前でやることを欲したのです。

▽お子さんができてから変わりましたか。

▼イイ人になりました。

▽お子さんは似ていますか。

▼わたしの子どものころの写真にそっくりですが、今のわたしには似ていません。むしろ顔を引き伸ばして髭《ひげ》を散らしメガネをかけたら、ほとんどわたしの夫です。

▽育児における父親の態度についてご意見を。

▼人間的に未熟な人なので、少なからずあやぶんでいましたが、日を追うにつれてまともな父親らしくなっていくのでびっくりしています。

▽育児期の平均的な一日を図表化してください。

▽カノコさんが初めてしゃべったコトバは。

▼まだコトバらしいコトバをしゃべっていません。

▽初めて出した音は。

▼忘れました。

▽**初めて反抗したのは。**
▼忘れました。今じゃ四六時中反抗しています。
▽**初めてわらったのは。**
▼忘れました。今じゃ一日中わらっています。
▽**初めて鏡を見せた時、どんな反応を示しましたか。**
▼初めて見せた時も今も、鏡を見ると狂喜してなめたり何かしきりに言ったり指さしたりしています。
▽**目が見えるようになったみたいだと気づいたのはどんな時でしたか。**
▼いつの間にか。
▽**耳の掃除は生後どのくらいからするようになりますか。**

▼忘れましたが、初めのころはしょっちゅうやっていました。もちろんいやがります。しかしカノコの耳垢《みみあか》*がどうも、わたしのべとべと耳垢が遺伝したのではない、さらさら耳垢らしいのに気づき、興味を失って、それ以来ずっとやっていません。たまると固まってぽろっと落ちてきます。

*耳垢…耳垢には、べとべとの飴状のものと、さらさらのものと二種類あり、この性質は遺伝するそうです。さらにべとべと耳垢はわきがと相関関係があるそうです。ちなみにわたしはべとべとのわきが持ちで、父から遺伝しました。わたしの母はさらさらのわきがなしです。

▽お父さんはカノコさんと一緒に入浴しますか。また父と娘の入浴はいつまで許されると思いますか。

▼毎日します。助かります。わたしは中学生の時まで父と一緒に入っていましたけれど、突然父が意識しだして、わたしは拒絶されました。悲しい思い出です。わたしの場合はもう少し早くやめればよかったと思いますが、まあ、人そ

れぞれでしょう。

▽赤ちゃんの残したものを食べることにためらいはありませんか。

▼アカンボはほんとうに惜しげもなくものを残すので、ためらっていたら、地球のどこかで飢餓にあえいでいる子どもたちに申しわけがたちません。でもアカンボが口の中で長時間しゃぶっておいしい要素を全部吸い尽くしてしまった生温《なまぬる》いミカンだけは、食べたくないなあという気持ちが強くあります。

▽赤ちゃんに語りかける時は普通の声ですか。それとも甘い優しい声ですか。

▼あんまり変わらないようです。

▽離乳食メニューのレパートリーをあげてください。

▼ありあわせの、そこらへんにあるものをやっていましたから、レパートリーと言えるほどのものはありません。

▽離乳食を作るのに、医者、雑誌、友人などのアドバイスでためになったことは。

▼鈴木志郎康さんと妻の麻里さんが、「うちではにゃんにゃんして」（鈴木家のことばで、口でかんで、という意味）テーブルのはしっこにおいてやって食べさせた、と言いました。これと、松田道雄氏の著書にあったありあわせ離乳食のすすめとが、たいへんためになりました。

▽妊娠中によく食べたものを子どもが好んで食べるというようなことはありますか。

▼あんまり関係がないみたいです。妊娠中は一口も食べなかったサバの塩焼きのようなもの（わたしは背の青い魚が大嫌いです）をムスメは喜んで食べています。

書評●育児

子育ての書1・2・3●山住正己＋中江和恵＝編注（平凡社東洋文庫）

小児必用養育草が第一巻に入っている。同じ第一巻の女重宝記大成、いなご草はそれぞれ妊娠と分娩のことを扱っていてたいへん露骨である。現代の妊娠出産に関する本のような素っ気のない科学的な文章ではなくて、文語体の、偏見と独断にみちた文章なので、いよいよどきどきさせられ、わいせつささえ感じられる。

養生訓・和俗童子訓●貝原益軒（岩波文庫）

やはり江戸時代のものは旧かなづかいで読んだほうがいい。女子を教ゆる法の巻はくだらないが、その他は思わず実践したくなる健康法や教育法が満載。

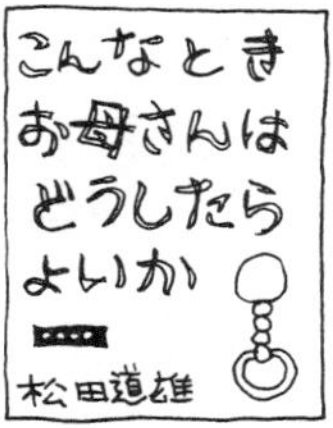

こんなときお母さんはどうしたらよいか●松田道雄（暮しの手帖社）

わたしは松田道雄先生のファンです。先生はとにかくわれわれ働く母親の味方ですし、日本という風土に根ざした育児を主張しておられます。その上、文体がすてき。ひらがなの使い方がまたすてき。

赤ちゃんのいる暮らし●毛利子来（筑摩書房）

毛利先生もまた頼り甲斐がある。とくにメンタルな部分で、育児につい疲れるわれわれをフォローしてくれる。『幼い子のいる暮らし』もある。『幼い子』の八四ページ、「休暇」起きる時刻、寝る時刻、食事のことさえ、ペースを乱してやっていけます。こうした生活は、もうそういうものとして、ごたごたと過ごすのがいいと思います。（※二〇一〇年現在、新版あり）

〈子供〉の誕生●フィリップ・アリエス（みすず書房）

子どもというものが、おとなに珍重されるようになったのは、たかだかここ二、三百年のことなのだ。

エミール●J・J・ルソー（岩波文庫）

教員採用試験のときに、「ルソー」「エミール」「自然に帰れ」と三題ばなしみたいに覚えていたものですが、コドモを産んで、初めて読んでみると、なんとおもしろい。これならあのころ「ルソー」といっしょに覚えていた「ソーンダイク」や「ペスタロッチ」もきっとおもしろいんじゃないか（まだ読んでません）と思います。

書評●育児

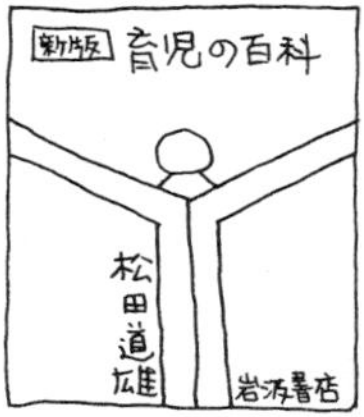

育児の百科●松田道雄（岩波書店）

いわゆる育児のノウハウを書いた百科的なものはこれがいちばん。
（※二〇一〇年現在、文庫版の上中下巻になっています）

〈母と子〉の民俗史●フランソワーズ・ルークス（新評論）

「出生以前における母と子」「出生、洗礼、そして子どもの世話」「乳幼児に対する注意と世話」「子どものかよわさ」について。「産育と教育の社会史叢書」（二一八ページ参照）に抄訳がある。

子どもの生活世界のはじまり●浜田寿美男＋山口俊郎（ミネルヴァ書房）

わたしたちが「普通の」子どもを育てるときに、たとえ直接の関わりはなくても、どこかに、こうした「障害のある」子どもたちが、母子手帳や定期健診などの基準から外れていく子どもたちと育てる人々が、いる、ということを忘れてはいけないような気がします。

タッチング●A・モンタギュー（平凡社）

九三ページ、皮膚感化とは単に接触とか圧迫をいうだけではなくて、温度に対する反応をもいう。九六ページ、人が身体について感じたり知ったりするのは皮膚である。

二五年後からの言及「育児とは」

この章を書き直したくてわたしは完全版に同意し、「ターミネーター」としての役割を背負って立ち上がったようなものです。二五年後のわたしにとって納得のいかない部分が多すぎる、そこをけずるか書き直すかしよう、と。

二五年前のわたしは、まあ、あきれるほど、よぶんなことをいっぱい書いてます。今ならきちんと知っているから当然書かないようなことも、知らなかったのでへーきで書いてます。今なら他人の心に配慮できるので書かないようなことも、配慮できずに書いてます。ときにはユーモアのつもりで、考えもせずにだらだらと書いてます。わたしは、そういう一切を恥じました。恥じて、後悔して、書き直したり削り取ったりもしました。だから二五年前のものとは、だいぶちがっています。

三人コドモを育て、自分もいろんな喜怒哀楽を経験し、人生というものがわかってくると、子どもにたいする理解がまるで違ってきます。それを成熟というのか、達観というのか、はたまたアキラメというのか、わたしにはわかりません。

コドモ理解の本質は、コドモとは他者だということ。どうこっちががいても、他者は他者として、そこに存在しているのだということ。コドモは親を無条件に慕い、寄りかかってくるものだということ。それを、受けとめてやらなくちゃいかんということ。

そうしますと、若い頃より「あやす」がうまくなり、「しかる」ができなくなります。俗にいう「あまやかす」です。

昔だって、コドモが親に頼ってることぐらいわかってました。でも、それでも家族をつくりあげることや自分をつくりあげることに戦っていたのですね、コドモはむしろ戦友であり、部下であり、ときに対立する存在でした。親はコドモの前で親の我をきちんと通すべきと思って、コドモに負けまい、なめられまいと思ってわざわざ強がってみせたものですが、二人目、三人目になると、強がりなんか消え失せて、ほっとこうよ、いいじゃん、なめられたってとすっかり力が抜けまして、わざわざ叱って何になる、むりやり直そうったって直せやしないよ、雀百まで踊り忘れず、親をなめたきゃなめるがいい、親くらいしかなめられる相手はいないんだからなめたいだけなめさせてやれ、となる。そして、待つ。

もちろんそれだけではしつけができません。それでときにはこわい顔をして手をぴしりという（二五年前と同じ）演技的な方法を取って、いけないことやあぶないことを教えることもある。ところが人生経験を積み過ぎると、演技にすら余裕が出てきて、しょうがない、子どもなんだし、ほっときたいという気持ちがつい表れて、効き目がない。

というわけで、第三子（トメと申します）は自己中の甘ったれた悪たれに育ってしまいました。しかし告白します。トメが三歳か四歳のときのはなしです。トメの父親があんまり自分本位に生きてるトメに業をにやし、「トメ、自分がしあわせになるのと、ほかの人がしあわせになるのと、どっちが大切なの」と聞いたことがある（英語しかしゃべれない男なのです）。西洋人はコレだから、そんなことを幼児に聞いたって……と思いながら見てますと、トメは何のためらいもなく、「じぶんがしあわせになる」と答えました。

わたしは感動した。なんとすがすがしい、一点のくもりもないような自己肯定、またはずぼらさであることか。よくぞここまで育てたと、我が身をほめたくなりました。

もちろん第一子も第二子も、若気のいたりで育てられ、それぞれ持って生まれた気質と素質が、トメのようなずぼらさは得られずとも、それをおぎなって余りある別のものを（ずぼらだけじゃ生きていかれないのが人生です）身につけて育ちあがりました。それはそれでおもしろい。つまり親としては、どいつもこいつもおもしろい。

ここで、第三子まで育てたあげくに体得した育児の奥義をご紹介します。ぐちゃぐちゃになってこんがらがっているコドモを叱りとばしたくなったら、あるいは叱りとばしたい自分が抑えられなくなったら、叱りとばすかわりに「ぎゅうっとだっこしてやる」。そんな状況でなかなかだっこしようという気にならないのですが、そこをあえて、ぐちゃぐちゃの顔からは目をそむけてもいいから、だっこする。コドモというのはふしぎなもので、身体的なぐちゃぐちゃはおうおうにして精神的なぐちゃぐちゃを表現してることがある。不安とか。不満とか。ねむたいとか。かまってほしいとか。それが、だっこされることですうっとやわらぐ。しかも連中は、どんなに悪たれてても、肌触りだけは良いのです。だっこするだけで、こっちの気持ちもしぜんと安らぐ。なんと、エコないい手ではありませんか。

家族計画編

1　産婦人科

a　産婦人科というもの

むかし、産婦人科はこわいところでした。

駅のプラットホームに立っていると産婦人科の看板が目に入ります。そこには「女医」だとか「優生保護法指定医*」だとか「入院諾」だとかが、なにに産婦人科という名前の脇に書いてあります。このたび妊娠してコドモを産む、その直前まで、わたしはこれらがこわいというかはずかしいというか見たいというかいけないことだというか、とにかく駅のプラットホームに立っているとつい目が行ってしまうのです。

これとおなじような感情を、高校生のころ、電車の窓から見えるけばけばしいホテルの看板や建物に感じたものです。わたしはいわゆるオクテでして、そのころはまだセックスなんて知りませんから、いずれするセックスというものにたいへん興味がある。そのセックスと切っても切れないものと、どういうわけか高校生のわたしはラブホテルについて考えておりまして、見かけるたびに、わくわくというかどきどきというかはずかしいというかやりきれないというかたまらないというかそういう感情を感じたものです。ラブホテルについては、その後無事にセックスをかなり日常的にするようになり、そういうところにも何回か出入りするようになると、そのどきどきわくわくは霧消《むしょう》しました。しかし、産婦人科のほうは、何回かそこに出入りしてもいっこうに、こわさ、息苦しさは消えませんでした。

おそらく分娩するということ以外の、産婦人科ですること（子宮癌《しきゅうがん》の検査や膣炎の治療ではありません）、それに対する罪悪感が、このようにいつまでも産婦人科に対するコンプレックスを温存しているのです。いちど分娩しさえすれば、そんなことはとるにたらない女としての当然の権利であるということがわかるのに、残念ながら、分娩しないといつまでもそれがわかりません。そして、ああ、口調はフェミニズムですが、そして、産婦人科に、せめて歯医者にいくくらいの、歯医者がむりならせめて目医者くらいの、行きやすさがあれば、避妊ということがもっと完璧になるのです。

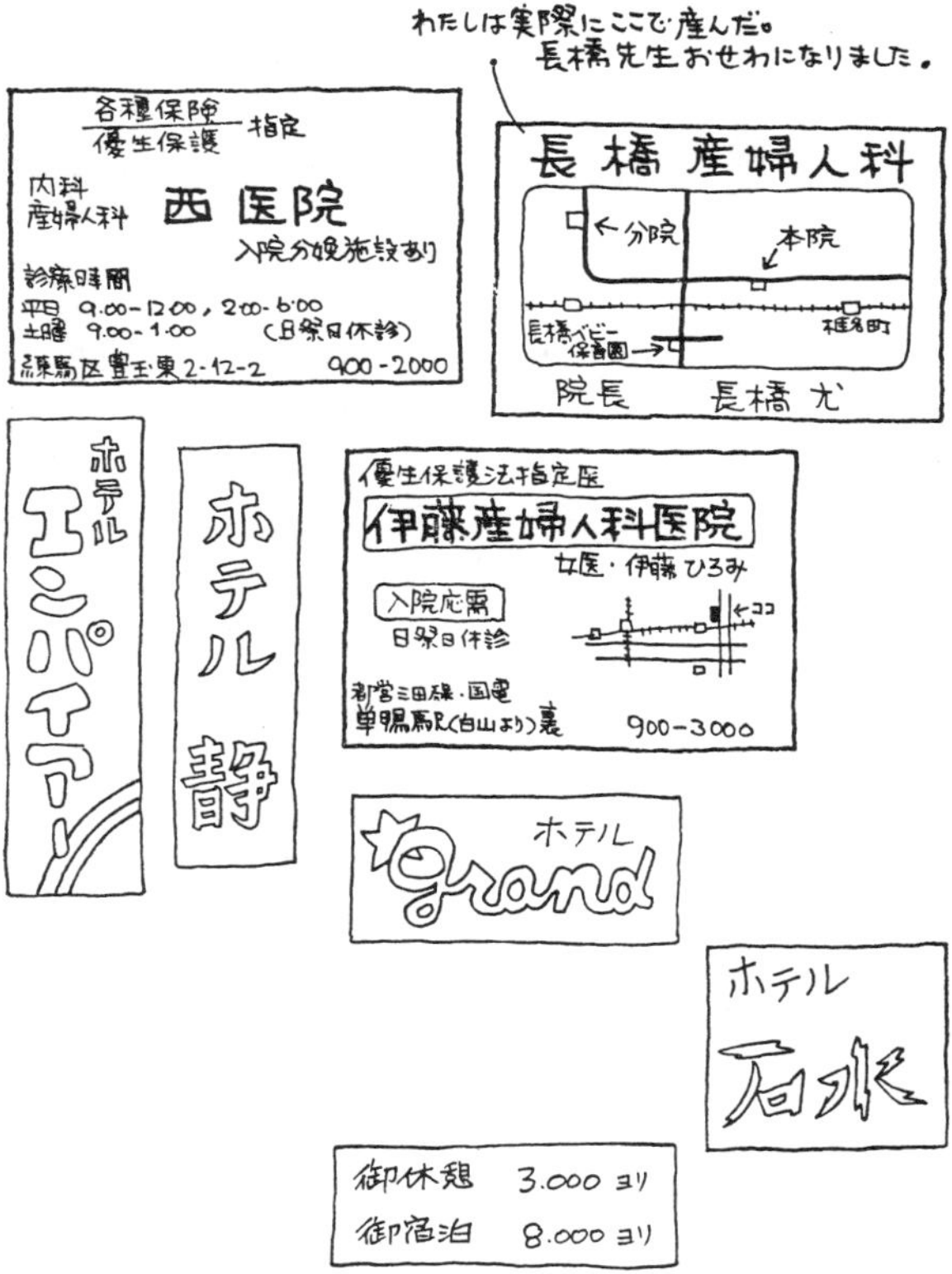

わたしは実際にここで産んだ。
長橋先生おせわになりました。
各種保険
優生保護
指定
内科
産婦人科
西医院
入院分娩施設あり
診療時間
平日 9.00-12.00, 2.00-6.00
土曜 9.00-1.00 (日祭日休診)
練馬区豊玉東2-12-2 900-2000
長橋産婦人科
←分院
本院
長橋ベビー保育園
椎名町
院長 長橋尤
ホテル
エンパイアー
ホテル
静
優生保護法指定医
伊藤産婦人科医院
女医・伊藤ひろみ
入院応需
日祭日休診
←ココ
都営三田線・国電
巣鴨駅(白山より)裏
900-3000
ホテル
grand
ホテル
石水
御休憩 3.000ヨリ
御宿泊 8.000ヨリ

そして避妊さえ完璧にする方法があったら、わたしのように若い女が、注射をされすぎた子どもが医者をみれば注射を連想してこわがるように、産婦人科を見ると水子供養《くよう》だのなんだのを連想して行きにくく感じることもなくなるのです。

でも実際若い未婚の女にとって産婦人科はほんとに居ごこちの悪いところです。わたしは以前、「避妊」のためだけに産婦人科に行ったことがあります。ポーランドに一年行くことが決まった時で、ポーランドにはわたしのコイビトが確実にセックスしたくてしたくてしょうがない状態でわたしを待っていましたし、戒厳令のまっ最中でいちばんもののないポーランドでしたので、コンドームも手に入るかどうかわかりません。とにかくそういうところで万が一でも妊娠してしまったらえらいことになります。そこで本で読んだ知識で「ＩＵＤ（子宮内避妊器具）」というのがいちばん確実で簡単だということを知りましたが、これは産婦人科へ行って医者に入れてもらわなければなりません。

さてその病院は、初診者はまず受付で、紙に、今までの妊娠出産あるいは中絶あるいは既往症《きおうしょう》について詳しく記入させられます。これはさせられないところもあるし、させられるところもある。ムスメを産んだ病院はさせられませんでした。

なんというか自分の妊娠出産あるいは中絶あるいは既往症というのは自分が生きてきた過程で避けがたく通ってきたところですから、べつに何を聞かれたっていいわけですが、実際いやなものです。したくって妊娠した時は出産してるわけです。なんか医者にこっちの倫理度をテストされているようで、そして、妊娠出産の本によく書いてある、中絶をすると不妊、流産になりやすくなる、というのを思い出し、ただでさえ心のシコリになっているのに、ほじくりかえされているようで、不愉快です。既往症についても同じことで、こういう病気をした女に妊娠する資格はないのだ、とおどかされているような気がします。

とにかく記入しました。そして医者に会って、これこれこういうわけで「IUD」を入れてほしいと言いました。ところが医者の態度がどうも好意的でない。はじめに言ったように、分娩を経験していない若い女（わたしはその時はまさしく分娩を経験していない若い女そのものだった）にとって、産婦人科というのは、見るだけで脅威です。それを勇気をふりしぼって入ってきたのだから、すこしは、こわがらせないように努めてくれたってよさそうなものなのですが、その医者およびそこにいた看護婦あるいは助産婦はとても無愛想で、セックスをやりたいほうだいやろうっていうのかよ、え、ねえちゃん、とでも言いたげなようすに、見えました。おびえるわたしには。そして結局、あなたはまだあかちゃんを産んでいない、赤ちゃんを産んでいない女性にはＩＵＤは入れられない、ピルなら処方しようということで、一年間のポーランド滞在のためにわたしはたった三カ月分のピルをもらって帰ったのでした。三カ月分しか出してもらえませんでした。しかしＩＵＤがまだアカンボを産んでいない女に不適当だということは初めて知りました。それならあらゆる避妊の本に、そのむね明記しておくべきです。

だいたい産婦人科の医者は、わたしもそんなに数多く知っているわけではありませんが、そのわたしの数少ない経験でも、感じの悪い医者が多い。いや医者というのは、かなり態度のでかい横柄なヤカラが多いように感じます。とくに産婦人科は診察を受ける時にするこっちの格好が格好だから、ちょっとでも相手が横柄だったり無愛想だったり不機嫌だったりすると、敏感に感じとってしまう。わたしはムスメを妊娠したかしないかの頃性器出血がありまして、子宮癌じゃないかと思って行った医者は最悪でした。なにしろ診察台の上でこっちはパンツを脱いでこんな、こんな格好をしている。医者はそこに立って一言もしゃべらず、ぐりぐりと中に手をいれてかきまわし、一言もしゃべらずに手を洗い、机の前に帰って一言もしゃべらずに何か書いて、パンツをはいて台から降りてきた患者（わたし）には一言もなく、そばの看護婦が「じゃ、またあした」というきりで病名の説明もなく、聞く雰囲気さえないので、なんだかわたしは、わたしの膣に手をいれなければならないのでこの人はうんざりしているんじゃないかとか、だからあんなによく手を洗ったのだとかいろいろと気に病み、さいわいそれはただの膣炎だったらしいのですが、一週間ばかり通ううちに、徹底的に産婦人科というものを不信したのです。不機嫌な医者の手を洗う水の音はほんとうに胸を突き刺しました。

　それが治るか治らないかの頃にわたしはどうも妊娠らしい、と気づいたのですが、そこの産婦人科はまっぴらという気になっていましたから、他の病院を探したのです、つまりもっと、膣に手をいれるのをいやがらない、もっと快活に妊娠を受けとめてくれる医者のいる病院を。で、結局みつけた病院はラマーズ法をやっているところで、二人いる医者の、一人はたいへん大きな声で快活に妊娠を受けとめてくれ、もう一人は「女の人はいちばん健康な時に妊娠するんです。健康だから妊娠するんです」と大らかに言ってくれました。『お産革命』というちょっと前のお産シーンをルポしている、とても良い本がありますが、そこには分娩の時、医者や助産婦に人間的に扱ってもらえなかった女たちの話が集めてありました。『お産革命』ではそういう非人間的なお産でない人間的なお産を追求していくわけですが、その本をお産を経験する前に読んだわたしは、妊娠前の膣炎で、そういう非人間的な産婦人科の状況を理解したのです。

ついこの間オナカが痛くなって産婦人科に一年二カ月ぶりに行ったら、なんとこの産婦人科では診察前の紙にいろいろ打ちあけるやつで、「一、妊娠かどうかを確かめたい」という項目に①分娩希望②中絶希望　と印刷してあり、うれしくなっちゃったわけです。どうせいろいろ書かせるならここまで徹底して書かせてほしい。わたしが行ったのは熊本市内のある産婦人科で、その話を熊本の、今妊娠している友人に言いましたら、あたしも書いた、ということで、熊本の産婦人科はみんなはっきりしている、という感想を持ちました。

＊優生保護法…現在は母体保護法という名称に変わっているそうです。

b　産婦人科の入り方

初心者はどうあがいても初心者なのですが、まあせいいっぱい悪びれずに、どうどうと、産婦人科のドアをあける、もしくは門をくぐる、もしくは（産婦人科はたいてい金持ちなので、自動ドアですから）ドアの開くのを待って中に入ることです。

あくまでも、そそくさとして話もろくにしてくれない医者、感じの悪い医者、横柄な医者、成金趣味の医者はやめることです。この間行った産婦人科は、診察室の壁に、そこの建物（立派な大きなビルです）を空から写した写真を障子一枚分くらいの大きさに伸ばして飾ってあってうんざりしました。おまけにそこは、診察室の隅にびん入りの胎児が置いてあり、三カ月目とか五カ月目とかラベルが貼ってある。初めてみた胎児は小さい人形みたいでした。ホルマリンだか何だかに漬かっているので色がセトモノみたいに白いのです。わたしみたいに猟奇的にそれを見る分には面白いものですけれど、これからアカンボを産もうとしている女にとってはまさしく「死体」ですし、これから中絶しようとしている女にとっては無言の圧迫です。とにかく産婦人科は何も学校の担任(これも不可解な話です。担任だって気の合わない人もいると思うのですが、取り替えられません)じゃあるまいし、途中でほかの産婦人科に変わることだってできるのです。あいてはちょっとばかり、われわれ若い女より、女の性器や分娩や中絶を詳しく知っているというだけなのです。そうでないと、とくに産婦人科は、こんな格好で診察をうけなければならないところなので、屈辱的な気分があとあとまで残っていやな感じです。

やはり産婦人科のポイントは、あの「内診」にあります。あれがあるから少々嫌な感じの先生でもまあ慣れたところで、と我慢してしまう。わたしがいちばんはじめにあの産婦人科のあの台にのぼってあの格好をし、男の医者の手がわたしの膣とか子宮とかをごそごそというかべちゃべちゃというか、探るのを感じたとき、わたしは心底ぎょうてんいたしました。大学生のころでして、今ならばわたしは処女で、しかもその頃はまだハシリだった拒食症の状態で、そのころはまだ個人的にわたしの拒食症がいろいろとりざたされていますが、そのころはまだ個人的にわたしの母親や友人が、あのばかが、とわたしをののしっているより他にテがなかった時代で、とうぜんやせすぎによる、無月経が長く続き、心配した母親が無理矢理産婦人科に連れていったわけです。

母親は産婦人科とは言わずに婦人科と言ってわたしを連れて行きました。わたしは婦人科というのもまあ内科とか外科とかいうのと同じようなものだろうと思っていて、看護婦さんに、内科とか外科とかと同じように、診察室へどうぞ、と呼ばれ、こういう格好をしてこういうことをされるのだぞ、とひとことも知らされないまま、そういう格好をしてそういうことをされました。

これだけでも知っておけばよかったと思います。いいえ、できることなら、ああいう格好をしなければならないというのをなんとか改善できないものかと考えます。そりゃその後セックスをたびたびするようになって、この格好だと思いあたるにつけ、だんだん抵抗はなくなりましたし、妊娠と分娩の過程でとにかくそういう格好を何十回となくするわけですからしまいには慣れます。

その上、もし、ああいう格好をせずに、たいへん人間的に、医者がわれわれの膣とか子宮とかを触診したら、ああいう格好をするよりももっときまりの悪いものかもしれません。ですからああいう格好は、医者と患者の間に、これはたいへん機械的な作業です、あなたのからだはただのモノなのですから、たとえ今わたしが触っているのがあなたがおしっこやセックスをする場所であってもちっとも恥ずかしくなんかありませんよ、というキマリを打ちたてているわけです。

その上、これがいちばんの理由なのでしょうが、とうぜんああいう格好をすれば医者にはよく見える。

というわけでわたしはべつだんああいう格好に反対する理由も何も持ち合わせがないのですが、それでも言うと、あれはどっちかというといやなものです。お産の時のあの格好もいやなものでした。なんだか自分の、からだのなかのいちばん柔らかい腹部も喉も剝き出しになってしまうし、おしっこもセックスも

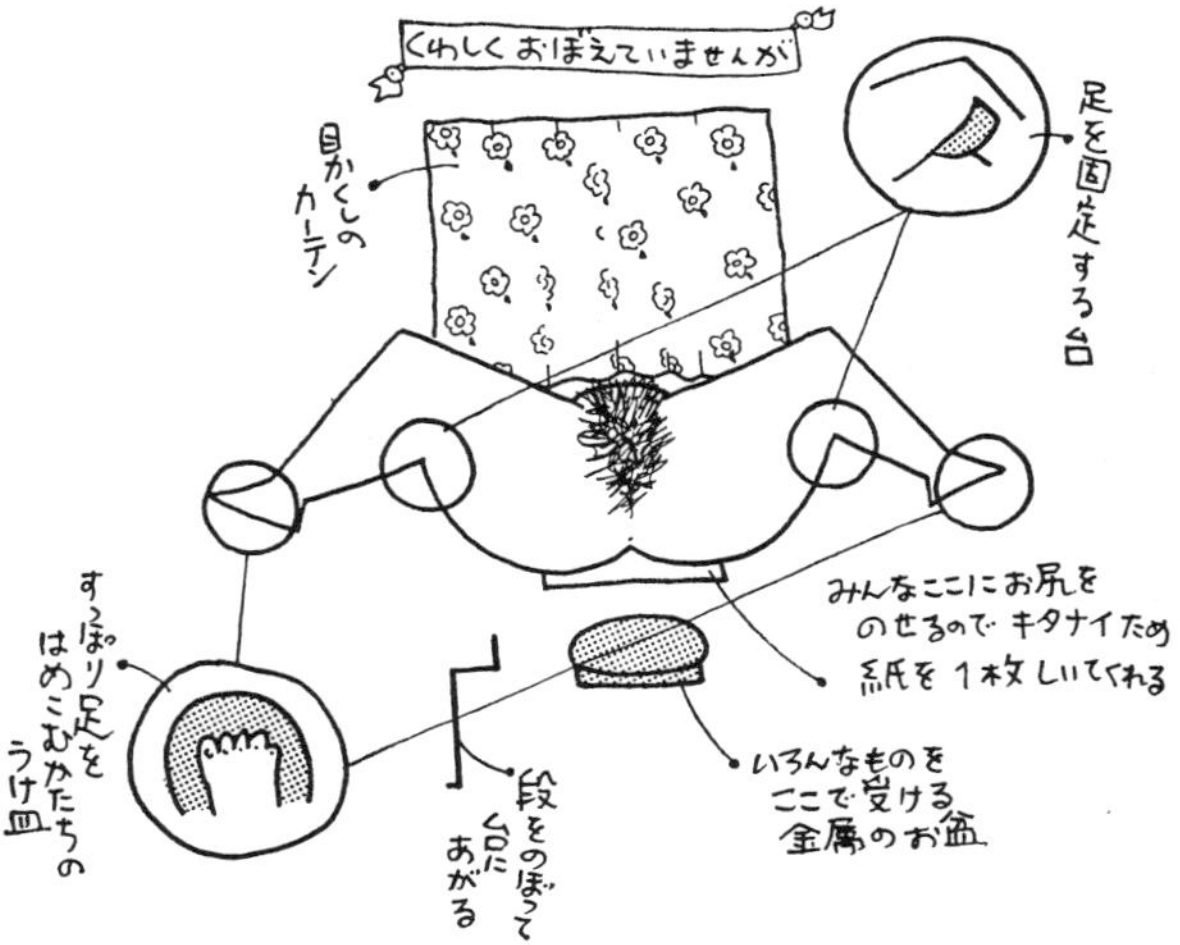
くわしくおぼえていませんが
目かくしのカーテン
足を固定する台
みんなここにお尻を
のせるので キタナイため
紙を1枚しいてくれる
いろんなものを
ここで受ける
金属のお盆
すっぽり足を
はめこむかたちの
うけ皿
段をのぼって
台にあがる

ウンコをするところでさえも、あの格好をすれば一目瞭然、全部剝き出しです。そういう点がわれわれにもうひとつなじませないものを、あの体位は持っているのです。

c 産婦人科の楽しみ方

まず、自分がこの時代に生まれたことを、ついてた、と確認して喜びましょう。ひと昔かふた昔前なら、妊娠出産は日常茶飯事です。つまりろくな避妊の方法もなく受胎したら必ず産まなくてはいけないような時代には、とうぜん子どもは五人も六人も七人もあったわけで、そうなるとつまり年がら年中妊娠をしているという、すてきな状況だったのです。じつはそれがわたしの理想です。妊娠していた時のあの、肉体の、精神の、充実感が忘れがたい。しかしとにかくそういうわけで、子だくさんの、普通にそこらへんで生活していた昔の母親たちが、妊娠するたびに、フリルのついたピンクのマタニティドレスを着てうきうきと毎月産婦人科に通っていたわけはない。そうです。昔の妊婦は産むまでほとんどノーチェックだったのです。だから昔はいろいろな病気を併発したのでしょうが、それでも女たちはごはんを食べるように妊娠し、ウンコをするように分娩しました。

　今の時代、妊娠出産は日常ではなくてひとつのはっきりした異常事態です。よく妊娠は病気じゃないんだから、と妊娠は病気であると思いこんでいる妊婦に対して言われますが、今は妊婦はほとんど病気なのです。毎月毎月おしっこは調べられる、膣の中は見られる、そしておしっこに少しでもタンパクが出ていれば、塩を控えろ安静にしておれ体重をふやすな、としつこく言われます。

　しかし、病気、この甘美な体験を楽しむべきです。癌やなにかとはちがって、確実に治る病気です。しかも一人一人の経緯がたいてい同じような経緯であり、つまり誰もがだんだん腹が膨れて、だれもが太ってきて、そのうちに十何時間かの激痛があって、腹の中身が出てしまえば、激痛はけろりと収まり、腹のふくれも一応なくなります。それでこの病気はおしまい。後に後遺症として乳房の腫れが残りますが、さいわいそれを吸ってらくにしてくれるイキモノが自分のものになります。そして病人だから家事一切夫の助けが大っぴらに必要だし、他人も親切に扱ってくれるし、まるで幼児だったころの蝶よ花よがふたたび自分の手に戻ってきたみたいです。

その上産婦人科は女の性器を中心に取り扱うところです。今まで自分のものでありながらあまり気にしていなかった性器のあり方や分娩や妊娠の生理というものを詳細に教えてくれます。とくにラマーズ法の場合は、夫同伴の講習会というのにはぜひ行くべきです。夫に介抱されながら、一緒に断末魔のような息づかいを練習し、撫《な》でてもらったりさすってもらったり、こんな楽しいことはありません。わたしはセックスの時にうそっこで切腹をしたりする人たちを（世間じゃ変態といいます）少しばかり知っていますが、ああいうのと同じようなもんだという気もするんですね。ただセックスの時の切腹の真似は変態と言われますが、分娩の時のラマーズ法は実用ですし、われわれはノーマルです。

そしてきわめつけに楽しいのが分娩後の病院での入院生活です。さっきは妊婦は病人であると断言いたしましたが、産褥婦《さんじょくふ》（産んだばっかりの女のことです）は病人ではなくなります。同室の産褥婦たちももちろん病人ではない上にだいたい同じ年頃、しかし少しずつ違った生活、違った分娩の経験を持っていて、その上なりたての母親というはっきり同じ立場に立っていますから、話

アカンボのベッド
アグラは安産によい
始まった陣痛がとおのいてしまった人
念のために入院しているがヒマ
ヒヒフーで陣痛をこらえている人
添い寝のはじまり
すぐにはしぼまないおなか

はつきません。どうして赤ん坊を持った女というのはほとんど例外なく人なつっこくどこでもだれでもすぐ話をはじめるのかフシギに思っていましたが、その芽はここら辺にありそうです（わたしも稀代《きだい》のへんくつでしたが、コドモができると即座に話好きな人なつっこいおばさんに変貌いたしまして、バスの中だろうが地下鉄の中だろうが、すぐ人と話しはじめるのでわれながらとまどいました）。

その上病人ではない上に栄養をつけなくてはいけないという既成概念があるからたいへん食事がいい。じつは食事は、あまりよくない方がいいという説もあるのですが（授乳Q＆Aの項を見てください）、まあ入院中くらいはゆったりといいものを食べていたいのが人情です。わたしが産んだ時は四人部屋だったのですが、それぞれがそれぞれのベッドの脇にアカンボを置いて、一日中他にすることもないものですから、アカンボの世話とおしゃべりと乳房もみをしていて、さしいれのケーキや何かをみんなで食べたりして、学生時代のような楽しさでした。

2　避妊器具一覧

図解説明いたします。

○コンドーム（ごくポピュラーなシロモノですが、はめるときにぐずぐずしているとおちんちんがなえてしまって面白くありません。その上どうかするとやった後にゴムの匂いが鼻につきます。いい点は、やった後、女の膣から精液が漏れる心配がないという点です。昔、まだ結婚する前、親と同居していて、外で性交して帰って、忘れたころに、しゃーっと精液が垂れてきたことが何度かあって、親の前でざぶとんが濡れたりして、閉口した覚えがあります。そういうことに関してはたいへん便利です）

○ＩＵＤ（これは産婦人科で入れてもらわねばなりません。産婦人科の項でも触れましたので参照してください。コドモを産めばわかりますが、これが産婦人科医ご推薦の避妊具です。産後退院する間際に医者から避妊について面とむかって一対一で、このＩＵＤがいちばんいい、ということを教わります。しかしこういう一対一の医者じきじきの避妊についての説明をどうして妊娠前あるいは結婚前にうけられるようになっていないのでしょうか。この産後の指導はもちろんわたしが個人的に望んだものではなく、入院中のいろんな行事の一環として組み込まれているのです。しかしIUDというのは、産後二回目の月経の終わったすぐ後に入れるもんだ、とわれわれは教わります。わたしの場合産後初めての月経がなんとはるばる八カ月も後のことで、しかも二回目の月経はそれからまた二カ月後のことだったので、どうも時期を逸してしまい、だいいちそんな時期になって今さら産婦人科にまたのこのこ行くのがおっくうになります）

○ペッサリー（見たことも使ったこともありません。友人が使っているという話を聞いたこともありません）

○経口避妊薬、*いわゆるピル（一年あまり使っていましたが、たいへん便利です。とっても小さな、風邪薬の1/4くらいの大きさの錠剤《ピル》で、水なしでも楽に飲めますし、持って歩くにも便利です。ただわたしはがさつでして、ちょくちょく飲むのを忘れ、あとで気がついて、その日と次の日くらいは性交しない

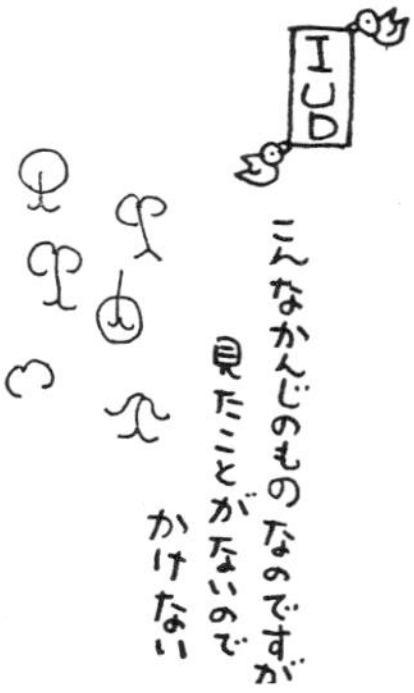
IUD
こんなかんじのものなのですが
見たことがないので
かけない

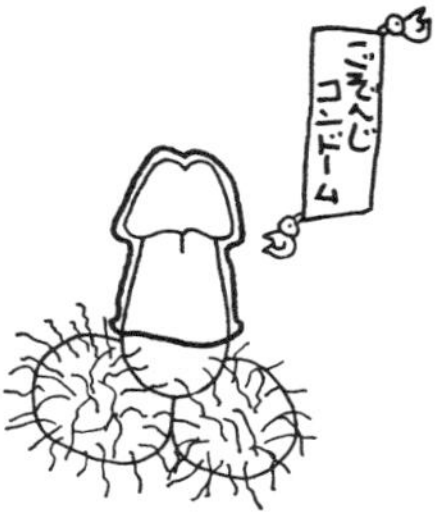
ごぞんじ
コンドーム

膣外射精
とちゅうでやめるなっっっ!

ピル
3×7=21日間のめば…
そのあとセーリになります

ようにしましたが、それでよかったのかどうか。しかしピルも産婦人科に行かねば手に入りません。この点は大きな欠点です。まず結婚前の女が利用しにくい状態だからです。そしてもうひとつの欠点は、わたしがピルをやめてすぐ妊娠したところ、医者にどうしてピルをやめたら六カ月避妊してから妊娠しなかったのか、と言われました。畸型児になる可能性がないわけではないということです。そして産むかどうかはよくご主人と考えなさい、と言われました。もっとも医者はその後、不妊の人にはピルを飲ませて治療しているということや、畸型が産まれるかどうかという調査の結果はほとんど大丈夫らしいということなどを教えてくれましたが、それまで罪悪のように考えられているとばかり思っていた中絶を、医者から、考えてみるように言われたことにたいへん感動しました。つまり中絶なんて妊娠する出産する結婚する二人も三人もコドモを産むという世界ではごくあたりまえに行われていることなのです）

＊経口避妊薬…一九九八年に低容量ピルが許可されました。さらにいつかは超低容量ピルも出るでしょう。ますます、ますます便利です。

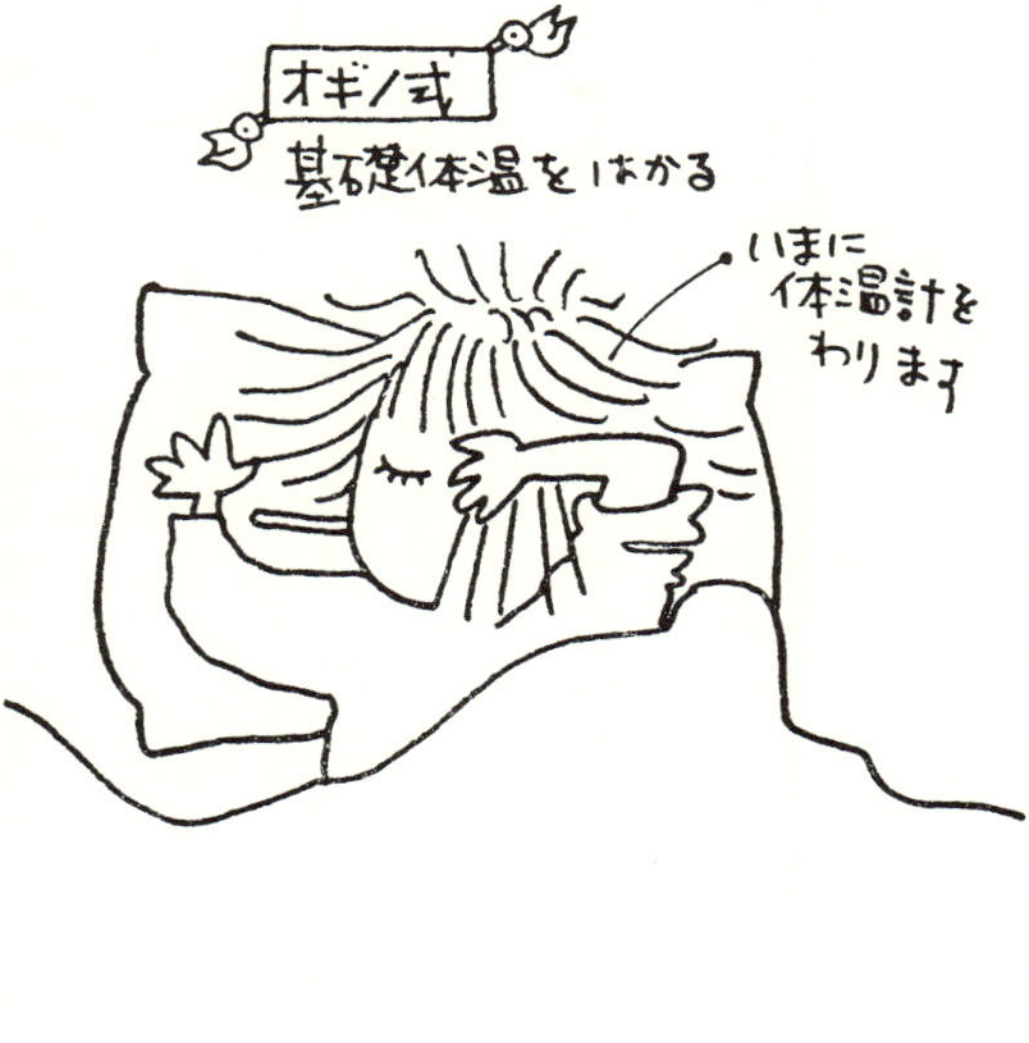
オギノ式
基礎体温をはかる
いまに
体温計を
わります

○膣外射精（やりようによってずいぶん違うのがコレ。自分本位のセックスする男がペニス入れて中で動いてぱっと外に出してぴゅっでおしまいじゃ、女はおもしろくもなんともない。ひとえに男の考え方と技術と愛情と表現力に、コレでいいかよくないかがかかってきます）

○オギノ式（コンドームなどとの併用であれば、役に立つ知識なのですが、月経の日から数えて何日めだから大丈夫というようなざつなことですべて済ませていると必ずや失敗します。危ない日でも希望的観測というやつで、つい、大丈夫と思ってしまうからです。きっちりとやるには、まず、基礎体温をきっちりつけていかねばなりません。それには毎朝起きてすぐ、体温をはからねばなりません。その上毎朝だいたい同じ時間に起きなければなりません。その上基礎体温をはかるのはわきの下ではなく、口の中です。わたしは以前これをやっていて、起きてすぐ口に体温計をくわえるのですが、そのままた寝てしまっていつのまにか口からはずれていたり、ふとんに巻き込んで折ってしまったり、それ以前の問題として、毎朝同じ時間に起きるような規則正しい生活をしてい

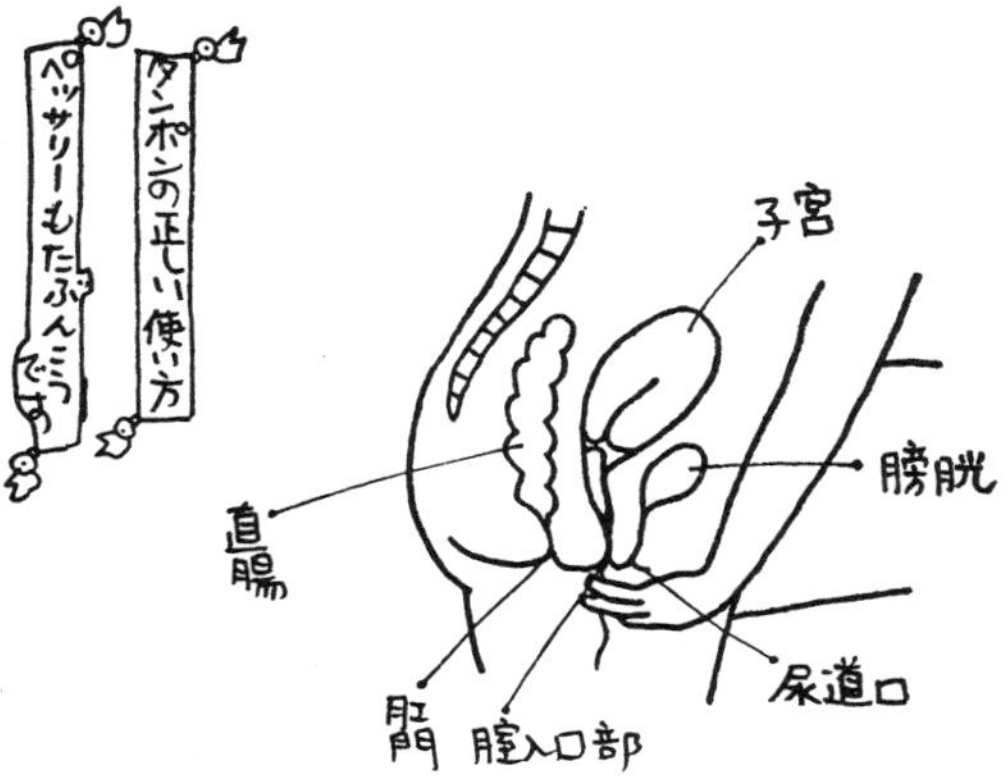
タンポンの正しい使い方
ペッサリーもたぶんこうです
子宮
膀胱
直腸
尿道口
肛門
膣入口部

ないのでついさぼってしまったり、同じ時間に起きたって朝はいろいろと忙しいものですからついさぼってしまったり、つまり基礎体温の測定は一見簡単そうに見えますが、じつは非現実的にめんどうなものなのです）

○タンポン（これはべつに避妊具ではありませんが、たいへん性交に便利なので、特別にお教えします。コンドーム以外は性交をした後、精液が漏れてきたりしてたいへん不快です。そこでした後すぐにタンポンをいれるのです。忘れたころに取りだせばすっかりタンポンに精液がしみていて、外には漏れません、こないだ某女性雑誌で、タンポンをフライパンの油ひきに使うと便利だ、という記事を読みました。たしかにそれは便利でしょうが、一瞬否定的にぎょっとしたのを覚えています。それに比べるとこの精液漏れ防止のためのタンポンはタンポン本来の使用法とさして違わず、快く利用できます。かさねて言いますが、これで避妊できるわけではありません）

3　中絶

もう繰り返し繰り返し申しあげました。結論としては、胎児はウンコです。浣腸して何が悪い、という一言に尽きます。

ただ中絶というのは、肉体的精神的にやっぱりたいへんしんどいことでありますす。それを、しないですむ、しないでもちゃんと性交が続けていける、という状況に早くなってほしい、と切実に思います。つまり避妊が完璧にできるようになる、女のからだや生理についての認識を女も男も青年男女も少年少女もこぞって持つ、まだ妊娠していない女たちが産婦人科に明るく出入りできるようにする、などいろんな問題がごってり残されていますす（まる）。

▽**中絶をしたときの感じを聞きたい。**
▼中絶する妊娠だって、産むつもりの妊娠と同じようにツワリもあれば月経もとまります。わたしが感動したのは、中絶したとたん、それまでのツワリが、つまりそれまでは一日中なんとなくむかむかしてすっきりしないという状態が続いたのですが、それがけろりとなくなってしまったことです。そして母体であるわたしは、ついさっきまでのそのむかむかの感じをもう忘れかけていて、思い出そうとしなければ思い出せないということです。
▽**中絶ってどういうふうにするんですか。**
▼初期の頃は子宮の口を人工的に開いて掻き出します。中期については人工的に流産させることになるのでしょう。詳しく知らないのです。知りたいと思っていますが。掻爬《そうは》は、麻酔して眠っている間に済んでしまいます。

▽**水子供養って信じますか。**

▼信じるわけがないでしょう。

▽**中絶する時の心構えは。**

▼とにかく後味の悪いものです。がんばるように。避妊の研究を以後するように。

▽**中絶してそれっきり子どもができなかったら。**

▼あきらめなさい。ない子にゃ苦労しないっていいますから。

▽**動物は危険にみまわれた時、自分の子どもを食べてしまうことがあるとききましたが、そんな時あなたはどうしますか。**

▼わたしも動物ですが、残念ながら猫ではないので、食べることはできません。猫には猫の理由があるのでしょう。

▽性交はあなたにとって何ですか。

▼夫とのコミュニケーションの一手段です。できれば夫以外の男ともやりたい。

▽「家族計画」ということばの発明者にたいして一言。

▼「夫婦生活」の発明者とともにいいセンスをお持ちです。

▽結婚と出産は同一線上にありましょうか。

▼ないですね。

▽結婚と出産とどっちが緊張しましたか。

▼完璧に出産です。

▽人生の中で初めて子どもが欲しいと思ったのはいつですか。

▼小学生の時。初恋のヤマザキくんとの子どもを産むことを夢想しました。そ

れ以来誰か男を好きになるたびに、結婚して子どもを産むことを考えます。

▽どうすれば子どもができるのかを知ったのはいつですか。その時の感想を率直に述べてください。

▼中学生の時ですが、覚えていません。そんなことより、中学二年の音楽室で、友人たちから教わった「おしっこの出るところと、セーリの出るところはべつで、セーリの出るところから赤ちゃんが産まれる」ということの方がよく覚えていますから、ショックだったのでしょう。

▽またそれ以前、「こうのとり」などの説を信じていましたか。

▼何のための線かは知りませんが、おへそから垂直に黒ずんだ線が走っています。ここが割れて赤ちゃんが生まれてくるのだ、と長いこと思っていました。これは小学生の時に友人が教えてくれたのです。

▽お子さんには性教育をするご予定でしょうか。また素朴な質問として聞かれ

たら、何と答えますか。

▼月経が始まったら、避妊の方法だけは完璧に教えこむつもりです。素朴に聞かれたら、あまり科学的にならずに、でも実際のことを教えてやろうかと思っています。

▽将来同性愛者同士の結婚が認められると仮定します。その場合の彼らの子づくりの方法をいくつか提案してください。

▼すてきですね。わたしにも結婚したい女がいます。養子を迎える。よそから精子や卵子をお借りしてくる。子どもがいないために乱されずにすむであろう対関係をまっとうするという選択肢もあります。

▽もっとも理想的な家族構成は何人家族だと考えますか。

▼人によります。「理想」っていうことばは、そこに到達したことがないので嫌いなんです。

▽①もう産まない②今は産まない③今度産む④また産みたい——このうち今はどの気持ちですか。

▼③です。この間から避妊せずにやっていますが、なかなか受胎しません。

悲しいけれど必要なこと●マグダ・ディーンズ（晶文社）

中絶の体験者である心理学者が中絶専門の病院をルポした。とくに人工早産のかたちをとる妊娠中期の中絶について詳しい。動揺する人々の（中絶する人も中絶させる人も）動揺が伝わってくる。著者の立場はタイトルのとおり。

藤の衣に麻の衾●富岡多恵子（中央公論社）

「反母親」富岡多恵子。九三ページ、「育児」というのは、子どもが自分ひとりでエサを得る術を身につけるまでオヤが保護しつつエサ獲得の方法を教えることである。四六ページ、子どもが「自然の出現」ではなく、「つくる」ものとなってきている。子どもはひとり（とかふたり）「つくって」やめるのである。

産育と教育の社会史叢書●中内敏夫他（新評論）

アリエス先生も含むいわゆるアナール派の論文を多く載せたシリーズ。ほとんど雑誌のように断片を集めたものなのに、たいへん読みごたえがある。育児、妊娠、出産、産児制限、病気、医療は歴史の中でまるで「死」だったというわけ。

二五年後からの言及「家族計画とは」

妊娠出産の本にはこの一章がたいていついてきます。妊娠や出産にくらべると、アカンボも妊婦もうんちもおっぱいも出てこないから、いまいちおもしろみのないところなんですが、考えてみればすべての原因はまさにココだ。それでわたしもこれで一章をたててみたわけです。

実は今わたしはすっかりおばさんなので、ここに書いてあることにすべて共感できるわけではありません。

この当時も、産婦人科というところの敷居の高さが、「産むつもりのない妊娠をしたとき」と「産むつもりの妊娠をしたとき」とではぜんぜんちがう、「未婚者」と「既婚者」でもずいぶんちがうということに気づいて愕然としたわけですけど、何十年も経った今はさらに敷居が低く、はしごでもかけなきゃ降りていかれないような下になり、気後れも嫌悪感も何にもなくなっております。産婦人科も胃腸科も皮膚科も同じというのが、今の実感です。自分の膣や子宮や乳房について、切り傷や虫さされ、胃の痛みや心の悩みと同じように、医者に語れる。

実は、わたしはのちのち、とても良い産婦人科のお医者さんに何人も出会いました。第三子のときに出会ったK大病院のO場先生（男）には、内診されながら本質的な話をいっぱいしましたし、アメリカでの婦人科のかかりつけM先生（女）とは、わははは久しぶりそれで膣はどう？みたいなやりとりをしています。東京の成人女性専門のクリニックにもときどき通っていますが、まったく素のまんまでM崎先生と語り合えます。それで考えるのは、医者の質もちがうのだろうが、わたし自身も変わったのだ、もっと自由に自分を出せるようになり人との出会いも増えたのだろうということ。

昔は、いやだいやだと思っていた病院の受付での質問票、何回妊娠したか、何回セックスしてるかだのに書き込む答えが、この頃は「ああ生きてきたなあ」といとおしくてなりません。悲しいばかりだった中絶も、セックスのさまざまな思い出も、医者の前で股を開いた内診のかずかずも、すべて血となり肉となりました。

このなかで言及してある『お産革命』は、藤田真一という朝日新聞の記者が取材してまとめた本です。一九七九年に朝日新聞社から初版が出て、八八年に朝日文庫になってます。そしてもちろん今は絶版ですが、ほかの絶版本（たとえばついこないだまでのこの『良いおっぱい悪いおっぱい』）と同じように、Amazon.comの古本でならかんたんに手に入ります。なにしろ七九年ですから、だいぶ古い。今とはちがうお産シーン、今とはちがう問題点が提起されているとは思うんですけど。でも、読んだとき、わたしは二五、六歳、すでに離婚経験があり、新しい恋人もいて、そのうち彼と結婚するだろうと思っていた頃でした。中絶経験もありましたし、将来的にはコドモを産みたいと思ってました。だから、この本にはほんとうに感動した。何もかもが明日は我が身で他人ごとではなく、自分たち女の置かれている状況がありありと理解できた。これを熟読しておいたので、後にいざ妊娠となったとき、とるべき方法はすぐに見極められました。つまり、まず、ラマーズ法で産んでみたいと思った。そして、それができる産婦人科医院を探しました。

さて、避妊法ですけど。

ちょうどこの本を出したか出さないかという頃、ＡＩＤＳが問題になって社会は上を下への大さわぎになりました。それでわかったのが性感染症というのも対岸の火事じゃなく（実はそう思っていた）だれにでもあることだということ。セックスのときはコンドームというのが、妊娠だけじゃなく性感染症をふせぐ方法であるということ。それから子宮ガンも性感染症であるということがきちんと理解できたのは、（わたしは）ごく最近です。

でも、ということは、ははは、われわれの時代はコンドームなしでやっちゃってました。それが、ふつうでした。だからついコドモができちゃったりもしていたわけです。第一子も第三子も、「つい」できちゃった。第二子だけ、つくろうと覚悟してセックスにいどみました。
　そういう時代に育ったからこそ、うちのムスメどもが大きくなって性の問題に直面したとき、あたしはコンドームコンドームと口をすっぱくしていってたし、買って与えもしたものです。でも、こないだいちばん上の冒険好きのムスメが（カノコですが）「おかあさん今どきのアメリカの男の子はちゃんと教育されてるからいつもコンドーム持ってるもんなのよ」と申しました。ま、男の子にもよるだろうとは思いますけどね。日本の男の子については何も知りません。

　最後のQ＆A、あいかわらずとぼけた質問ばかりですが、「動物は危険にみまわれた時、自分の子どもを食べてしまうことがあるときききましたが、そんな時あなたはどうしますか」に対する答えが、なっちゃいないですね。書き直したろかと思ったんですが、ここはそのままにしておきました。二五年前の、危機感のない、人生の入り口のわたし、それもやはり「わたし」です。

で、結局この後、危険には何度も見舞われまして。家庭ですから、うわきだりこんだししゅんきだで済んでましたが、野生なら食うか食われるかです。で、コドモを食べる、あるいは捨てて逃げるという方法もあったにもかかわらず、わたしはコドモを抱えて逃げました。

ライオンやチンパンジーという、一匹のオスに複数のメスで暮らす動物の話ですが、群れのオスが世代交替したとき、新しいオスによって前のオスのコドモ（乳飲み子）が殺されるんだそうです。メスはコドモが殺されてしまうと、さっさとあきらめて発情し、新しいオスと交尾して新しいコドモを産むそうです。それを知ったときには言いしれぬ感動を覚えました。しかしいざ自分がそういう事態に直面すると、やはりわたしは人間として想像力がいろいろと働き、諸般の事情もあり、なかなかそうはいきません。で、そういうとき、わたしたちは火事場の馬鹿力とでもいうべき渾身の力を発揮でき、コドモは何人でも抱えて逃げられます。そして逃げ切ります。たぶん、みなさんもそうするでしょう。

産みます育てます

Notes: 1984.8.16

わたしの知り合いで、粉ミルク健康法というのをやっている人がいる。世間ではけっこう話題になっているらしいが、初めて知り合いから、アカンボ用の粉ミルクを健康のために飲んでいると聞いた時には薄気味悪さに仰天した。しかしとにかく、知り合いはミルクを飲み始めてから、みるみる健康そうになり、不定愁訴《ふていしゅうそ》もなくなり、つまりはそのミルクのせい、もとい、おかげらしい。ただのありふれたアカンボ用の粉ミルクを飲めばいいのである。わたしは、ミルクはお湯でとくのか、水でとくのか、と尋ねた。この点がわたしのこだわるところである。知り合いは、お湯でといて飲んでいるが、お湯でも水でもいい、と答えた。つまり格別熱くなくても冷たくなくてもいいのである。いやむしろ、健康のためなのだから、格別熱かったり冷たかったりは、しない方がいいのであろう。

結局ミルク健康法とは、心身を、チチをのんでいるアカンボとおなじような原始的な状態に戻すというものであるらしい。心身の不調なオトナもまたコドモも、ミルクだけを飲むことによってアカンボの時期をもう一度しっかりとくりかえし、自分の肉体の機能というものを把握していくわけだ。件《くだん》の知り合いは、ミルクのせいで下痢をする、と言っていた。このごろのミルクはたいへん母乳に近い。そして母乳ばかり飲んでいるアカンボの便はほとんど下痢便である。これを単一性乳児下痢症という。つまり知り合いは、ミルクのせいで単一性乳児下痢症になったのである。

この健康法の提案者は、ほんとうは母乳を患者に飲ませて、あらゆる病気を駆逐《くちく》したかったのであろう。なんと言ってもミルクよりも母乳である。わたしが母乳でアカンボを育てているというと、何人かに一人は必ず、その母乳を飲んだことはあるか、自分の母乳を飲みたいと思わないか、という質問を出す。母乳を飲んでみたいという欲求はたしかにあるが、実をいうとそれはたいへんまずい。なぜかというと、まず温度が体温と同じである。つぎに匂いが人間の匂いなのである。そして、かなり甘い。体温と同じ温度で、人間の匂い以外何の匂いもついていない甘さは、薄気味悪い以外の何物でもない。ねばねばのない精液、臭くないおしっこ、しょっぱくない涙、べとべとしないおりもの、それでいて甘いのが、母乳なのである。しかし、精液おしっこの類でもありがたがって飲む人もいるわけだし、質のいいものをめざす時代なのだから、粉ミルクじゃなく、実際にチチの余っている母親から集めたものを粉ミルク健康法をやりたい人々のために製品化すれば、豆乳程度には普及するような気がする。商品名は「ひろみのおいしい母乳」。

Notes: 1984.9.1

コドモをそだてる過程でいちばんひんぱんに感じるのはおそらく「かわいい」ではなくて「うっとうしい」である。わたしのムスメは今四カ月であるが、四六時中親にかまってもらいたい。思いどおりにならないとグズグズ言いながら寝返りを打ってウツブセになり、そのまま身動きが取れなくなって泣きわめく。毎度毎度かまってばかりいられないわけで、ムスメはしょっちゅう寝返りを打って泣きわめいていることになる。あおむけにしてやってもしてやっても、かまってやらない限り寝返りしつづけるのである。

育児書には寝返りということに関して、たいへんよろこばしいコドモの発達の一段階と書いてあって、わたしども夫婦はそれをうのみにし、はじめて寝返りをした時には心からめでたいと思ったのであるが、そのめでたいはずの寝返りを、ムスメの勝手な要求をかなえてやらないことへの報復の手段として使われるとは思いもよらなかった。育児書には「うっとうしい」と書き添えておくべきである。

このうっとうしいは、どの赤ん坊にも必ずつきまとう感情であろう。

ところがわたしの父によって作られたわたし自身のアルバム（わたしの父はそういうこまごました手先の仕事が大好きなのである、と言い訳したくなるほど育児の過程が詳細に書き込まれている）を見ると、そのどこにも、うちのムスメならたえまなく見られるあのおぞましい泣き顔と泣き声、それに対してわたしが持つ「うんざり」という感情は全く見られないのである。その感情がなかったわけがない。わたしは正常な発育をしたのであって、うちのムスメと同じくらいには世話がやけたにちがいないのに、アルバムには「かわいい」「かわいい」だけで、「うっとうしい」が抹殺されている。「コドモはうっとうしいと思うべきではない、つねにかわいいと思うべきだ、それこそが親である」と言いたげな父の筆致《ひっち》である。

ムスメの成長の記録に関しては普通以上にマメであったが、その他はごく普通の人間である父の筆致は、「母性愛」を持つ人々の一般的な意見でもあろう。つまり人々は、このように「母性愛」をキレイゴトで把握し、そのために「母性愛」はますます確立されていくのである。「うっとうしい」が現実にある間は「母性愛」の権限でそれをもみ消し、コドモがそだてば、もみ消した感情はキレイに忘れてしまうのである。

Notes: 1984.11.29

七カ月になるうちのムスメについて、悩みがひとつある。他のことでは、健康だしよく食べるしハイハイもするし、何も心配はないのだが、三カ月健診のとき、カウプ指数*一九・八で、母子手帳の要観察というところをマルでかこまれ、指導事項というところに「赤ちゃん体操」と書かれたのである。

わたしには別に、ムスメをこう育てよう、こういう子にしようという考えはない。とにかく毎日よく寝てくれて（その間にわたしの仕事ができる）、病気にならずにすごしてくれればそれでいいと思っている。しかしひとつだけ、妊娠中から、いや妊娠する前から、ねがっていたことがある。コドモをもったら絶対に、それを、肥満児だけにはしたくないと思っていたのである。

わたし自身が小学校の頃、ものすごい肥満児だった。太っていたという程度ではなく、とにかく、「小錦」のような、じつに安易な比喩だが、まさにあんなふうだったのだ。そして顔つきも、何と表現したらいいか、肥満児特有の、

「小錦」に似た、またちょっと安易な比喩のような気がするが、実際太りすぎた肥満児は、みな「小錦」のような顔だちになってしまう。当然、何をするのにも不便だったし、「肥満している」という意識にはあとを引いて悩まされた。鉄棒を恐怖し、ケンカすると必ず「でぶ」と言われ、特に服を買うとき、どんどん自分からかけ離れたサイズを試着していって最終的に、胴まわりだけ合う、袖も丈も長すぎるものに決めざるをえないときの恥ずかしさは胸にしみた。

わたしのあだ名は、全校に通用する「三年でぶ」（三年で一番でぶの意）で、その後「四年でぶ」「五年でぶ」に移行したが、「六年でぶ」には、至らずにすんだ。

五年の半ばに、両親が担任の先生から、肥満児なのでやせるようにと書いてある手紙をもらって（この手紙はおそらく養護の方から来たのだと思う）、初めてコトの重大さに気づき、育ちざかりのわたしを心身ともに傷つけないように食事を制限し、運動させたのである。その結果、体重は減らずに背がぐんぐん伸び、みるみるうちにわたしは太目の標準型になった。それでも、その後、フトル、ヤセル、タベル、タベナイはわたしのいちばんの深いコンプレックスとなり、わたしを支配し、ムスメを妊娠して太ることが正当化されるまで、その支配は続いたのである。だからわたしは、あらゆるダイエットも、痩身《そうしん》療法も、拒食症も過食症も経験しつくしている。これらは、詩を書くにはいい経験だったが、ふつうの生活を暮らしていくうえでは実にうっとうしい、苦しいことだった。ムスメにはやはり経験しないですむものなら経験させたくないと思っている。

ところがこの間の六カ月健診で、カウプ指数二〇、体重が九六〇〇gということで、母子手帳に「肥満傾向」と大書されてしまった。医師は「大人と同じで、食べるカロリーが消費するカロリーより多ければ太ります」と説明したが、何しろ母乳でやってきて、離乳食も食べすぎるほど食べていないし、からだだってとにかくよく動かしている。医師の説明では納得がいかない。

愛読する松田道雄先生や毛利子来《たねき》先生の本には、小さい子、やせた子についての悩みはたくさんのっていて、心配ない、気にすることはない、大きいだけがよいのではない、と実に納得のいく筆致で書いてある。そこには、赤ん坊のときの肥満児はよくないし、その後も肥満する傾向がある、というニュアンスも受け取れるのである。どこをさがしても、大きすぎる子、太った子の悩みを安心させてくれるようなことは見あたらない。

「歩くようになればやせるし、赤ん坊は太ってるもんだ」と近所のおばあさんたちは慰めてくれるけれども、母子手帳に大書された「肥満」が、太ってるもんだ、というコトバを打ち消すのだ。体質だ、と言ってほしい。松田道雄先生や毛利子来先生に、これが将来肥満につながることなく、歩くようになればやせてくるから心配ない、と言ってほしい、と毎日毎日、ムスメを見ながら考えている。

＊カウプ指数…乳幼児の発達状態を知る目安、体重と身長をかけたり割ったりして算出される。一三以下だとやせすぎ、二二以上だと太りすぎ、一九～二二が太りぎみということになっている。

Notes: 1985.5.4

わたしの一歳になったばかりのアカンボは、まだおっぱいを飲んでいるが、もちろん食べ物も食べる。それでもやはり主要な栄養はおっぱいらしい。食事やおやつのようすを見ていると、どうも、人並みよりはるかに太ったアカンボの体格ほどの量を食べてはいない。そこでたぶんおっぱいに養われているのだろうと推測する。

わたしはおっぱいのよく出るたちである。アカンボが四、五カ月のころ、おっぱいの最盛期には自然と漏れるおっぱいでふとんや服がいつもぐっしょりだった。今でもしばらくやらないと乳房が肩のへんまで盛りあがってきて痛い。その上、おっぱいだけで育てたのに医者に「肥満児」と言われた。

その出すぎるおっぱいはいまだに一歳児の母親にしては出すぎていて、アカンボはついそっちにたよってしまう。その上、そもそものはじめからわたしはおっぱいをやりながらの添い寝で寝かしつけてきたために、眠くなっても、乳の出るおっぱいをくわえるまでは身悶《みもだ》えしながらも起きて待っている。ついでにあえぐような吸いつくような泣き方で泣きつづけるのである。で、つい、親は乳房をくわえさせてしまう。その上わたしのようにうちで仕事をしている人間にとって、アカンボというのははっきりいってじゃまものだから、くわえさせれば泣きやんで、その上寝ついてくれる万能おっぱいは、便利この上もなくて、とても、手離せるものではない。

わたしは万事昔風が好きで、というよりは都合のいいところだけ昔風にやるのが好きで、おっぱいなど、周囲にいるおばあさんたちが口をそろえて主張するように、自然と離れるまでは吸わせておいていいものだと考えている。

しかしそれでは間に合わないことになった。万能おっぱいよりもっと便利な、一時的にアカンボがわたしのまわりからまったくいなくなる保育園というものに、アカンボを預けることになったのである。

当然保育園でもうちと同じようにおやつも食べればごはんも食べる。おひるねもする。ところがそういうわけで、うちのアカンボは、ごはんにもおひるねにも、わたしのからだにくっついているおっぱいというものが不可欠なのであった。つまりうちのアカンボは新入園児のなかでもひとりだけしつこく園に慣れずに、ご飯どきとおひるねどきに、くわえさせてもらえたはずのおっぱいをほしいと身悶えして泣きわめく結果になった。

　これではどうしようもないのでわたしもなんとか、すこしずつ、おっぱいをひかえる努力をしていたその矢先に、一家全員風邪をひいた。風邪をひいている状態とアカンボのいる状態がかさなった状態というのをわたしは今回初めて経験したが、たいへんなものである。アカンボの方が若いからそれだけ元気でそれだけ動きまわり、眠りたいわたしを踏みつけ、こねまわす。その上、相変わらずアカンボはおっぱいがほしい。病気だというふびんさと、病気だというしんどさがあいまって、風邪だった何日かはまた以前のように、つい、おっぱいをやってしまった。するとと、夜、アカンボが眠ってから、何かが足の上に垂れるのである。虫か何かかと思って見ると、おっぱいが膨張した乳房からしたたっているのである。

　さすがにアカンボがおっぱい以外の物も食べるようになってからは、たまりすぎて夜中に自然と漏れ出るということはなくなっている。それがたった二、三日おっぱいを何回か多く吸わせただけで、またそういう状態になったわけだ。

産んで一年といえばもうとっくに月経も再開しているし、次のコドモを妊娠してもおかしくない。つまりもう生理的には、このアカンボに乳をやる必然性はなくなりかけているということなのに、からだのしくみの中ではいちばん生理的なものだと認識していたおっぱいというものが、慣れで出てくるのである。これなら自分の子宮と自分の卵子と自分のホルモンとをあんばいして出した乳であるが、別に、自分の、ということにこだわらないわけである。隣の子も他人の子もよその子もみんないらっしゃい、という真摯《しんし》な気持ちになる。わたしは、詩人でなければ、乳母になりたかった。

Notes: 1985.5.20

わたしはひとりっ子である。わたしの夫もひとりっ子である。ひとりっ子ですと人に言うと、それじゃさびしいでしょうと必ず言われる。ええ、とくににいさんがほしかったですねなどと答えてきたが、ごく最近になってわたしのこの「おにいさんがほしい」は、相手の「さびしいでしょう」に対する正確な反応ではないということに気がついた。これではたんに、ものごころと色気がついてからの「男ほしさ」の感情を答えているだけにすぎないのである。早い話が、わたしはひとりっ子であるためにさびしいと思ったことなどいっぺんもなかった。わたしはひとりっ子で、ひとりっ子以外経験していないのである。わたしは生まれつきのひとりっ子で、ひとりっ子以外経験していないためにいわゆる「さびしくない」状態と比較検討することができないのである。もちろん兄弟のいる子に、ひろみちゃんはひとりっ子だから、と差別された時は、ひとりっ子である、という点についてなんらかのマイナスの感情を持ったが、それはくやしいとかかなしいとかであってさびしいではない。

人々には、ひとりっ子は性格がろくでもない、という先入観がある。実際ひとりっ子は性格がろくでもないのが多いような気もするが、三人兄弟の末っ子でも二人姉妹の姉さんでも、性格のろくでもないのがうじゃうじゃいる。だいたい性格のよしあしとはいったい何か。みんなにほめられるような性格をしていればいいのか。一長一短帯《おび》に短したすきに長し無理が通れば道理ひっこむで、ろくでもない性格の持ち主にも生きる権利はある。まあしかし、一般に言われるような性格のろくでもなさをひとりっ子がおうおうにして持ち合わせている理由は科学的に説明がつく。甘やかされ、もまれず、大人の中で育てられ、期待され、買いかぶられて生きてくれば、非常にたやすくろくでもない性格にひんまがっていくであろう。しかし、ひとりっ子は証言する。わたしの友人愛人恋人の中にひとりっ子のしめる割合はたいへん多い。とくに好きになってうまくいく男はたいていひとりっ子であった。わたしの夫も例外ではない。その結果、わたしたち夫婦にはたいへんひとりっ子の友人が多い。性格もたしかにろくでもないのが多い。

さてひとりっ子をろくでもないと思っている人々は、われわれがひとりっ子同士の夫婦である、と知ると必ず、たいへんですねえ、と心をこめて言う。これは双方の両親の老後のことを心配してくれているのが半分、もう半分はろくでもない性格同士がよく夫婦をやっているという驚きである。

つまりわれわれは一種の家族構成上の畸型であり、精神的な畸型である。そして有形無形に差別されている。しかし、それならば、わたしたちのムスメもりっぱなひとりっ子にそだてあげ、わたしたちの畸型性をまっとうしよう、とわたしとわたしの夫は相談したのである。

（その後、われわれの考えはくるくる変わり、最終的にはべつに畸型性をわたしたち一代で終わらせてもいいから、もうひとりくらいコドモを育てたい、ということになっている）。

ところでわたしは妊娠した時に、直前までピルを飲んでいたので、医者から、ごくわずかだが畸型が生まれる可能性がある、どうするかご主人と相談してきめなさい、と言われた。この場合、どうするかというのは、畸型を産まないために妊娠を中絶するかどうか、ということである。コドモを産もうと考えない時には、とてつもなくいかがわしいことに思われた「妊娠中絶」ということが、主婦になればこんなにあっけらかんと人から勧められるのか、ということにまず驚嘆したが、ついでに畸型をおそれて妊娠をとりやめる一般の風潮を初めて垣間《かいま》見た。それまで「妊娠中絶」というのはいわゆる経済的な理由によるものしか実際知らなかったのである。わたしはちょっとの間考えたが、どっちにしても産めばいいということで、それを言われた時の不安はすぐ忘れてしまった。たしかに、今のこの世の中ではそういう存在がたいへん生きにくいし、親の苦労も大きい、困ったもんだと思ったが、それはそれなりに楽しいものかもしれないとも思えば思えてしまったのである。社会的な制約さえなければ親も子もいたくもかゆくもないはずである。ここでわたしは、たいへん卑近な例だが、わたしたち夫婦のひとりっ子をまっとうするしないの問題を思い出したのである。そういうことにたいへん近い。何かが。

「畸型」と言われて連想したのが、猟奇的な雑誌で見る、器官や存在が過剰だったり少なすぎたりする「フリークス」の存在。それを考えるから、今の社会での生きにくさ、人々の無理解に目が行ってしまうが、実際、あまんじゃくもうりこひめも「フリークス」であった。手なし女房やお岩さんは後天的な「フリークス」であるが、ももたろうやものぐさたろうやたにし長者やいっすんぼうしは生まれつきの「フリークス」である。八犬伝の犬士たちも、レオもアトムもサイボーグもみんな「フリークス」。「フリークス」という新しい外来のコトバを使ってわたしは今、差別される現実から目をそらしてものを言っているが、「畸型」または「フリークス」を、「異常」とか「欠陥」とかいうコトバにホンヤクするのではなくて、「奇人」や「変人」や「超人」にホンヤクすれば、ものごとは明るく見えてくる。わたしも「フリークス」を産む機会があったらそういう楽しい「フリークス」たちの世界に入れる。そこで、いかなる「フリークス」も産みます。育てます。とわたしは考える。わたしは力いっぱいかれらを許容したい。

Notes: 1985.6.6

さてアカンボというものは歩かない。わたしのアカンボはかなり大きくて、満一歳で一一キロである。一一キロというと、お米一〇キロ入りのフクロ一つと、砂糖一キロ入りのフクロが一つである。人間のアカンボだと思うから、抱いて歩こうという気になるので、米と砂糖なら、抱えて歩こうという気にはならない。そこでベビーバギーというものに乗せて連れ歩くわけだが、これがたいへん不自由なものなのである。

つまり階段はおろか一、二段の段々も、登って登れないことはないが、たいへん登りにくい。エスカレーターも乗せて乗せられないことはないが、(乗せるなと書いてあるが)降りる時に神経を集中していないと、猶予せずに動きつづける段々から車をはずすタイミングを逸してしまい、一大惨事になるのもユメではない。われわれに生きるなというのか、出歩くなというのかとわたしは一日になんべんも憤る。

たとえば東京に行く。乗らなければどこへもいけない地下鉄と国鉄に当然わたしも乗らなければならない。地下鉄にはけっこうエスカレーターがあるか、一つの駅のあらゆる階段がエスカレーターであるということはありえない。そしてどういうわけか国鉄にはほとんどない。新幹線のホームも飛行場へ行く人が荷物を持ってみんな乗るにちがいない浜松町の駅でさえも、エスカレーターがない。そしてわたしは、お米一〇キロと砂糖一フクロをバギーから降ろし、片手で抱えながらバギーを折りたたみ、別の片手で砂糖二、三フクロかの重さの、しかも鉄骨のような触りごこちのバギーと、他の荷物を一つ二つ持って、その上で階段を登るという重労働（ええ、わたしは完全な運動不足です）をすることになる。各種の私鉄沿線にも、東京の次によく行く夫の実家のある大阪近郊の阪急電車沿線にも、エスカレーターはやっぱりない。もちろんエスカレーターでなくて、ゆるやかな傾斜があればもっといいのだが、当然ない。結局これだ、というかたちで、わたしが満足する交通機関はほとんどない。

そこで、階段が段々ですむバスは楽だということになる。熊本はバスしか乗らないので、たいへんアカンボを連れて出かけやすいいいところである。

でもやはりバスに乗るときはバギーをたたむ。たたんだバギーとアカンボを抱えて左右にかさばってバスに乗りこんでいくと、必ずつっかえて後ろの人に迷惑をかける。

前に住んだことのあるワルシャワでは、バスがとまると、ドアの前で乳母車（バギーどころではない）を押すお母さんが待っている。乗っている数人の男が当然のようにその乳母車を持ちあげて中に入れる。そのあとからお母さんが、ありがとう、と言いながら乗ってくる。当然バスの入り口は乳母車がまるまる出し入れできるほど広いし、中にも余裕がある。そして降りる時は（乗り降りは同じドアから）やはり当然のように周りのものが乳母車を降ろしてやり、お母さんは、ありがとう、と言いながら降りていく。歴史も社会の性格も違うわけだからしかたがないが、わたしもいちどでいいからそういうゆったりした気持ちでバスに乗ってみたい。いやもう一歩すすめて、歩行や出歩くことに不自由な人や不自由でない人、助けられながらならできる人や人を助けられる人、不自由だと感じている人や不自由なのに気づいてない人、不自由さに熟練している人やとまどい気後れしている人、いろんな人が、通りすがりの通行人同士のように、自然に関わりあったり関わらなかったりして生きていく、という状態でわたしは詩を書いたりコドモを産んだり育てたりバスに乗ったり降りたりしたい。

Notes: 1985.6.12

中がぐちゃぐちゃに腐っていたりくずれていたりするが外側は薄皮一枚でかろうじて平生を保っているという状態が、わたしは、たいへん好きというか、嫌いというか、何ともいえず、恐怖しながらもわたしの皮膚が吸いよせられていくような感覚を味わうのであるが、今のわたしが、じつはそういう状態である。外側は平生と変わらず、熊本や東京を歩いたり、一歳児にチチをやったり、詩を書いたり絵を描いたりしているが、断面図にしてみれば、膣や子宮は炎症をおこしてただれており、カビの一種が膣内に蔓延《まんえん》し、それらのために各種の粘液活動は活発になってぐちゃぐちゃである。

前から、そういうシモの病気というか、女性性器の病気に弱かったが、ここにきていっきにそれらが顕在化して、冒頭に提示した、中がぐちゃぐちゃで薄皮一枚でかろうじて平生という、死後だいぶ経った死骸か熟柿《じゆくし》のイメージそのものにわたしの下半身はなりつつある。わたしは、分娩でも、中絶でもない、ただの治療のために産婦人科へ日参している。子宮癌による子宮と卵巣の摘《てき》出《しゅつ》、女性性器の不在、取り去りきれなかった癌細胞による死までありありと予想できる今日このごろである。

すべては、今のわたしが、肉体的精神的な緊張と充実をともなう「妊娠」と「授乳」とをひととおり終えてしまったせいである。一歳児にチチをやったり、と前述したけれども、一歳児にやるチチは、一カ月児にやるチチとは違って、これこそがこのアカンボの生命の源である、主食である、というプリミティブな信仰ではなくなり、たんにアカンボとのコミュニケーションの手段、といってもアカンボはチチを吸いながらたいてい眠ってしまうかうっとりしてしまうかで、わたしたちは乳房と乳首をコトバのように駆使しておはなししているわけではまったくない。しかしとにかく、これもまたコミュニケーションの一種ではあろう。

妊娠していたころの、まず子宮の、そして全身の充溢感《じゅういつかん》はものすごいものであった。つまり子宮は膨張して、全身が子宮化し、大腸なんかは胸のへんにおしやられるらしい。わたしは胸のへんまで立ち割られた妊婦の死骸の、胎児の上、妊婦の乳房のあたりに大腸らしいものがとぐろを巻いている写真をこの間どこだかの雑誌で見た。つまり、子宮から派生する緊張と充溢は全身に行きわたる。そして考えることは、ただ、娩出の瞬間のみという、精神的にもほとんど充血する緊張が、娩出の瞬間まで持続される。

コトバをかえれば、妊娠したわたしのからだは、娩出の瞬間の、子宮口や膣に、発情していたわけである。

娩出してしまえば、緊張はゆるみ、発情もおさまるが、間髪をいれずにこんどは授乳期に突入する。そうするとこんどは、吸われてチチが噴出する瞬間の乳首に発情するので、妊娠していた間と同じくらいの緊張と充溢が保たれる。

というわけで、各種の緊張の中でもたいへん良質でしかもたいへん強い緊張と充溢が、ここまで続いたわけだが、アカンボが離乳食を、つまり果汁やどろどろがゆやくたくたうどんやおいものマッシュなどを食べはじめた時点で、緊張と充溢は完璧ではなくなり、あとはどうでもよくなる。そしてその間隙に、女性性器をねらうバイキンやカビの類が各種侵入して、わたしを薄皮一枚の中はぐちゃぐちゃというようにしてしまった。

そこでわたしは妊娠したい。

わたしは、女は、妊娠と授乳を、生涯、可能な限りくりかえすべきである。授乳の緊張が持続する間は、無月経で妊娠できないのであるが、緊張と充溢と発情がおとろえた時点で、月経が再来して妊娠が可能になる（わたしの場合は八カ月目）。そこですぐさま妊娠し、分娩、続いて授乳。緊張がおとろえたらまた妊娠。二八で産みはじめたわたしはあと六人は産めるのである。性交を始めてすぐ産みはじめていれば一生に十何人かは産めたのである。けっこう少ないものである。胎児たちやアカンボたちは、一人につき二年弱の間、つぎつぎにわたしに、緊張と充溢をもたらし、発情をもたらし、そして次の胎児がまた緊張と充溢と発情。そして最終的には、妊娠と授乳による緊張も充溢も分娩の瞬間と乳首への発情もすっかりおとろえたところで、家中に充満する未熟な性器たちそのもの、とくに、一〇人前後産めば、少なくとも一人二人はきっと混じっているであろう男の子の、未熟なペニスが、緊張をまき散らすから、それを受けとめればいいのである。

つまりわたしは妊娠したい。

前回の妊娠出産で、オナニーするワギナのある女のアカンボというもののおもしろさを知ったから、今度こそはぜひ、本来の希望に立ちかえり、妊娠の緊張と発情のアカツキに、未熟なペニスを何本も何本もくりかえして産んでみたいと思うのである。

Notes: 1985.6.29

　わたしは、体格がよくて愛敬があってほとんどなまめかしいような小学校高学年くらいの女の子というのが嫌いだ。しかし、同じもてあましているような四肢を持っている小学生でもなまめかしいのとなまめかしくないのとがいる。これは色気づいているかいないか、つまり男を意識しはじめているかいないかの違いである。大学生が色気づいても、当然セックスをしたい時期なのだと思えば納得がいくが、小学生あるいは中学生がそういう状態になっているのはみにくい。彼女たちの外見は重苦しくよどんでいて、考えることは安直な少女マンガの世界である。これも成長の一過程だから、しかたがないと言えばしかたがないが、見たくない。自分のムスメのそういう段階はもっと見たくない。『おかあさんといっしょ』などに出てくる幼児たちの中の女の子は、リボンはついてるフリルはついてるアップリケはついてる、これでもかこれでもかと女を誇張した服装をし、ムスメが生まれたときに人様からいただいた服も、赤やピンクやウサギさんやアップリケやフリルでたいへんきらきらしていた。某劇場にバレエを見にいった時たくさんいた、バレエをやっているらしい小学生くらいの女の子たちの一群もフリルとリボンと白いストッキングできらきらしていた。ああいうきらきらした、女であるということを過剰に自覚させるような服を小さいときから身につけていると、ただでさえ、いつかは必ず色気づく女の子が、より早く色気づいてしまうように思える。

わたしは、さいわいにも男の子のいる友人がお下がりをくれるのにかこつけて、ムスメに女の子の服を拒否してきたのである。ところが、この間その友人が、男の子の服といっしょに、女の子のいる友人にもらったといってスカートをくれた。はかせてみると前ほど抵抗を感じなくなっている。いままで一年間ムスメを見てきて、ムスメがムスメであるということをわたしが受け入れてきたのかもしれない。

ムスメはどんどん大きくなる。そのうち生理的にも肉体的にも、まぎれもなく女の子になるわけだ。拒否していた、色気づきということも避けがたくあるわけだ。あきらめというわけではないのだが、そういう、ムスメがムスメであるという現実を受け入れるに従い、色気づきも一度は充分経験して、それから女というものをどのように把握しようとあとはムスメ次第である、という気になってきた。ムスメであるということを拒否した男装というのも、なかなか気色の悪いことである。「女」性の過剰なきらきらした服よりも、不自然で頑なような気がする。わたしは頑なというのも、色気づいた女子小中学生と同じくらい嫌いだ。わたしはムスメにステレオタイプな女でないものを要求しながら（といってもムスメは要求されていることを理解していない）自分自身がステレオタイプな「ペニスかわいい」から抜け切れず、ムスメを男のつもりで愛撫していた、というおそれもある。

Notes: 1985.7.7

妊娠と出産をしてからもう一年以上がたつ。妊娠がわかって以来、妊娠とか出産とかいうことにしか興味がない。自分の妊娠と出産が終われば興味はそこからどこか別のところに移っていくのではないかと思ったが移っていかなかった。どんどん興味はお産の蒙昧《もうまい》な、獰猛《どうもう》な部分へはいりこんでいく。一〇〇年前二〇〇年前の、胎児も産婦も幼児も嬰児もどんどん死んでいったお産についてくわしく知りたい。

その昔月経というものが始まったときはこれほど執着しなかった。今でも月経にはあまり執着しない。月経というのは血が出るだけでべつに激烈な症状がないからたいして面白いものではない。それに比べて、妊娠と出産というものの畸型的な、充実した、手応《てごた》えのある、結果もちゃんとある、これはどうだ。妊婦であるわたしも畸型だしわたしを畸型にしている胎児も畸型というものにはほとんど紙ひとえのところにいる。

胎動がなくなったらおなかのなかで胎児が死んでいる可能性があります。すぐ病院に行きましょう、と妊娠についての本には書いてあるが、自分の子宮の中に死骸を抱えている感覚というのはどういうものなのか知りたい。おなかが冷たく感じる、とある本には書いてあった。そして子宮の中の死骸がカンタンに摘出できない状態のときは、その子宮の持ち主はどういうことになるのか。その反対の場合はどうなるのか。つまり母体が死んだとき、胎児はどのように死ぬのか。こういうことは今だからまたあのヘンタイが、と言っていればすむので、一〇〇年前二〇〇年前ならごく当たり前に起こったことなのである。

わたしが経験したような微弱陣痛、吸引分娩というとき、昔ならどういうことになったのか。つまり分娩が始まってから胎児が子宮だか産道だかにつっかかってそのまま死んでしまうのである。母体はどうなるか。陣痛は人並み以上に長びくし、死んだ胎児は子宮の出口のへんで腐ってくるだろうし、そういうのを止める手段が何もなかった昔は死ぬしかなかったのである。

そしてやっとこさ無事に産んだものだってアカンボのときに死に、幼児のときに死に、たくさん産むがたくさん死んで、今と同じく二人か三人くらいしか残らない。そういうのが、一〇〇年前や二〇〇年前のふつうの状況だったわけだ。苦痛、悪臭、恐怖、死などがみちみちていたわけだ。

わたしは先日流産をした。ずいぶん月経が遅れて、遅れた遅れたと思っていたが、それでなくても不順だし、妊娠して以来の無月経が再開したのはついこの間なので、よけいに不順で、べつにそれ以上つっこんで考えなかったが、遅れて半月以上経つとときどき吐きたくなる。それでなくても普段から胃が強くて強くてしようがないという方ではないので、べつにそれ以上つっこんで考えなかったが、そのうちにどうもこれは、胃炎による気持ちの悪さではなくて、ツワリによる気持ちの悪さではないか、と思うようになった。その状態が二、三日続いて、これは絶対である。妊娠以外のなにものでもない、とわたしの体が確信し、夫婦生活も身に覚えがあるので、期待の第二子妊娠である。今度こそたのしいペニスのついたかわいい男を産んでやる（前回は残念ながらペニスはついていなかった）、と決心をかためたところで月経があった。

これが流産であるという証拠はどこにもない。月経が再開してからこのかた経血がやけに多く、今回もおびただしく出血し、ほんとに量が豊富で、タンポンを替えても替えても血はしみでるし、レバーのような塊まで出るのである。レバーのような塊が出る時は異常に血の量が多いときである、と家庭の医学の本には書いてある。その上今回は長びいて、一〇日以上も出血した。その上やっと終わったかと思うと、オナカが痛くなって、青っぱな様のオリモノがずるずるずるずる出るし、なんだか薄気味悪くなって産婦人科へ行ったのであるが、子宮の中にバイキンがはいっている病気で、たいへん悪かですよー（わたしは九州の熊本の黒髪《くろかみ》というところに住んでいる）と医者に言われて治療に通っている毎日なわけで、つまり流産だという証拠はどこにもないのである。

しかしあの、月経が始まる直前の気持ちの悪さは何だったのか。もっと正確に言えば、あの、月経様のものが始まる直前のツワリ様の気持ちの悪さは何だったのか。子宮の中にバイキンのはいる病気は分娩したあととか妊娠中絶したあととか流産したあとに多いと家庭の医学の本には書いてある。分娩も中絶も昔のことで、今さらそんなものが理由になるとは思えない。つねに、いつも、繁殖繁茂したいわたしは、だからあれについても、月経ではなくて流産であったのだと考えたい。月経と流産というのは、タマゴが受精しているかしていないかの違いであってたいした違いではない。

流産というのはだいたいの場合もともとどこか欠陥のあるタマゴが自発的に脱落してしまうものらしいのである。安静にしておさまる流産もあるが、おさまらない流産のほとんどは、たんに母体が肉体を酷使したとかちょっと過激なセックスをしたとかいう理由ではないらしい。というようなことが妊娠と出産の本には書いてあった。ということはこのタマゴがトカゲの胎児様になり、ブタの胎児様になり、そしてヒトの胎児様になる過程で、機能的、形態的な欠陥が露呈されていき、はがれて流れた。

たくさん産んでたくさん死ぬ。はがれて流れたのが目に見えないようなタマゴだったから大さわぎせずにすんでいるが、原理は三キロの胎児が子宮の外に出るのも、子宮の外に出た三キロのアカンボが死ぬのも、少し育った一〇キロのコドモが死ぬのも同じである。つまり淘汰《とうた》されるわけで、昔は子宮の外に出た三キロのアカンボも一〇キロのコドモも淘汰された。一人の女が何人も何人も妊娠と分娩を繰り返し分娩したコドモたちも自分自身もすぐ死ぬ。コドモにとって成人できるのは何人かに一人の割合でしかなかったわけだ。

畸型とも死とも背中合わせの状態で胎児も嬰児も幼児も生きている。

熊本の黒髪は繁茂している。去年の夏はミノムシが大繁殖してあらゆる木がほとんど丸坊主になっていた。その丸坊主になった木からおびただしいミノムシがぶらさがり、あらゆる家の壁にはミノムシがこびりついて、過剰になったのが壁や木からはみ出して、道路の上も壁や木と同じようにおおった。つまりわたしたちは外に出た時、ミノムシのたかった木を見てミノムシの脅威を再確認しただけではなく、ただ住んでいるだけでも、ミノムシはじわじわと壁からこっちを圧迫してきたし、道を歩けば必ずふんづけて殺した。ふんづけて殺すというのは、わたしたちがミノムシに対して行う行為であって被害者はミノムシなのであるが、わたしたちは加害者にならされている、という感じがある。ミノムシに操作されて、ミノムシを踏んで潰し殺し、ぐにゃぐにゃした内容を足のウラに感じることを強要される。

冬をこすとミノムシ禍もおさまって、壁や木にくっついているだけになった。食われたクスノキも冬から春になって、イキオイを取り戻した。クスノキがいたるところにある。たいていのクスノキは巨大なクスノキで、一年中前後左右上下におい茂っている。繁茂している。繁殖している。わたしはどういうわけかこの繁茂、繁殖ということばが好きで、詩人の趣味なのであるが、つい使ってしまう。クスノキというのはその繁りぐあいが無限の層の厚さをつまり何層にも重なった生命力を感じさせる上に、明け方、朝、夕方、雨上がりなどにクスノキの固まって生えているところに行くと、ニオイがする。揮発性の強いニオイで、しかし悪臭ではなく芳香である。これがあの森林浴のフィトンチッドというものなのであろう。なんだかそういうところを歩くと全身にフィトンチッドがしみわたり、ちょっとしたひっかき傷なんて治ってしまうし、一呼吸するたびになにか生物学的に人間に元気を与える物質がからだの中にはいってくる、そう、一言でいえば、リフレッシュされるのである。わたしは思い込みの激しいだまされやすい性質の人間である。しかし今はほとんど新興宗教のようにフィトンチッドを信じている。この間までわたしは新興宗教としてわたし自身の母乳を信じていた。どうもそういうアニミズムに近いような原始的なものがいつもいつもわたしの宗教の中心にくるようである。

春から夏にかけてはケムシ禍があった。ひどいのがサクラの木で道に突き出したサクラの木にたかったケムシがその木の下を黒く埋めて、わたしは初め下にびっしり落ちているものがケムシだと気づかずに、ネコヤナギみたいな何かだと思って元気よく踏んで歩いていると、その踏みごこちがどうも植物的でない、ぐにゃっとした内臓に似ているではないか、と気づいたところでケムシだということがわかった。サクラのケムシが終わってほっとしたのもつかの間のことで今度は大きなスギの並木に、まさかケムシがつくと思わなかったが、ケムシもスギの木と同じように巨大なケムシで、潰すとスギの木の葉と同じ緑色の内容がはみ出るケムシがスギの木立の下をびっしり緑色をはみ出させて死んでいる。

二五年後からの言及「産んだ育てた」

この章は書き下ろしではなく、いろんな媒体に書いたエッセイをあつめた部分です。未熟な人間が未熟なりにいろいろと考えていたという努力はみとめますが、やはり未熟すぎる。気に入らないとこは多々ありますけど、とくに気に入らないのは「フリークス」論。ここは有無をいわせず、今のわたし《ターミネーター》が調整しました。「畸型」ということばも気になります。これは、妊娠が判明したときに、お医者さんに「畸型」の可能性がと言われて、思わず「文学」から「神話」まで思考がふっとんでしまったその結果。当時、そういう本か何かがはやっていました。フリークスとか異人とか境界とかそんなのです。いずれニューアカ関係の概念だったように思いますが、そういうことに詳しかった夫とは別れてしまって、もはやわかりようがない。

ここは、文学としてのタームであるとご理解いただきたい。若い詩人は、元気よくてぴちぴちして怖いもの知らずだったんですけど、無謀で考えなしでもありました。他人に対する配慮も共感も、本人は持ってると思ってましたがまだまだ足りませんでした。

それから色気づいた女の子に関する考察。「色気づく」ということばに含まれるニュアンスには、セックスをするためには自分の性をめいっぱい利用して相手をひきよせようという生物の自然の努力についての共感もまた足りません。思いもかけなかったことですが、若いときのわたしは今よりずっとセックスに対してためらいがあり否定的でもあったようです。今は、もうぜんぜん、そんなことはない。もうまったく。

コドモを育て上げてわかったのは、コドモの持つ女の子らしさも男の子らしさも、家庭とは何かという考えも、親から教わるというより、社会の空気を受動喫煙のように吸いあげてイメージをつくりあげていくということ。この頃はまだそれにも気づいていなかったようです。

一児の母になったとはいえ、女としての生き方が足りてませんでした。

セックスの量も、男との関係で悩んだり苦しんだりも足りていませんでした。ま、しかし、このわたしを通過しなければ今のわたしはありえません。ターミネートできないあきらめと矛盾と不満を抱えて、そのままに放置します。

このあと、四〇歳のとき、前の夫とは離婚して、でもそのまま家庭は複雑で、感情がもつれてさんざん悩みぬき、鬱になり、もう再起不能かなと思っていたとき、一定の関係は持っていたけど家庭を持つつもりはさらさらない相手との間にコドモができちゃった。真剣に悩みました。どうやって育てるんだ、と。とっさに中絶を考えました。踏み切らなかったのは、おっぱいを吸われる快感を思い出したから。またあれをやりたいと欲求した。そして、中絶、何回もやってきて、未熟な頃ならすいませんで済んだけど、四〇になり、自我も経済力もきちんと持ってるはずの女が、できちゃった、おろしますすじゃダメである、責任ってやつをとろう、と考えた。そこでやったのが出生前診断です。高齢の妊娠は染色体異常が多くなるときいていました。知れるものなら知りたいと自分でも思ったし、妊娠の相手からも検査してくれと言われました（アメリカではごく普通の検査です）。そこにあるのは、異常があったら中絶するだろうという前提です。

当時、家族はほんとに複雑で、上の子たちは思春期にさしかかり、生まれる子どもは婚外子、その父親は異文化で異言語で遠くに住み、ぜんぜんあてにならなくて、もし異常があったらあたし一人で育てられるのか。それを思うと不安でした。おなかはもうだいぶ大きくなっていました。あたしは妊婦であるという高揚感でみちみちていました。おなかのなかで胎児が生きている、そだっている実感はたしかにありました。それをほんとに中絶なんてできるのか。それもとっても不安でした。

結論を出し切れぬまま、結果がわかり、妊娠をつづけ、アカンボを産みました。染色体はこんなのですと見せられたとき、ああ、自分のカラダのことは何もかもすべて知り尽くしたかったのだ、これが見られてよかったと心の底から思ったのをクッキリ覚えています。あのときちがう結果が出ていたらどうしたか、実は今でもわかりません。アカンボを産んだら、それまでぐじぐじ悩んでいた悩みはすっぱりと消えてなくなりました。生まれたアカンボを育てなくちゃならなかったのです。アカンボが、わたしのカラダに溜まっていた鬱やら苦しみやら悩みやら、ぜんぶ吸い取って引きずり出してくれたのかもしれません。悪たれとも言えるこの子の生まれつきのずぼらさ、ぐうたらさを見ていると、なんとなくそう信じられます。

あとがき

次の月経までに受胎すれば、まるで双子のような姉妹もしくは姉弟ができあがる、と思ってやってみましたが、できませんでした。そこで次の月経までに受胎すれば、双子に見まがう年子ができあがる、と思ってやってみたのですが、できませんでした。それなら次の月経までに受胎すれば、成長したあかつきにはまるで双子も同然の二つちがいができあがる、と思ってやりましたが、できませんでした。しかし、うちのカノコは四月生まれなので、二つちがいの姉妹もしくは姉弟には、ぎりぎり来年の四月一日に生まれる子まで猶予期間があります。がんばります。

わたしはすでに一人コドモを産んで、妊娠も全過程やったし、出産も全過程やりました。こんどは、コドモ一人の時のような単純性育児ではなく、コドモが何人かいる状態で、複合するコドモ同士の関係、複合する育児を経験してみたいと思っています。

Special thanks to TSUNODA KENJI, TOJUSHA.

一九八五・九・一五　伊藤比呂美

というようなことを言っているうちに、妊娠してしまいました。繁茂繁殖。

これでわたしは晴れて、健全な充実した昂揚した妊婦です。こわいものは何もありません。九カ月後の娩出の瞬間に向かって、カノコをかかえて、まっしぐらです。

二人目の複合する妊娠、出産、育児についてはまたあらためて御報告したいと思います。

一九八五・一〇・一〇　伊藤比呂美

おわりに

いやもうほんとに、ターミネーターそのものでした。二五年前に書いたものを、ためつすがめつ、今のわたしならこれは書かない、書きたくない、でも二五年前のわたしは書いてしまったという箇所をざっくざっくと削っていくのは。ときどき、ああーーもう一切合切書き直《ターミネート》しちゃったほうがと叫ぶと、中公文庫《スカイネット》の担当三浦由香子さんから、いややっぱりなるべく温存を、との指令が来ました。で、そうしました。

三浦由香子さんは、好奇心でいっぱいの若い独身の編集者です。ちょうど往年の角田健司さんのようでもあるし、カノコやサラ子（ムスメたちです）のようでもある。実際、わたしは三浦さんの親の世代です。その若い感性や考え方が楽しくて、しゃべっているうちに「ターミネーター版を作ろう」というアイディアが出てきて、わたしはそれに乗りました。わくわくしました。

この二五年の間には、この本についていろんな人にいろんなところでいろんな批評をいただきました。励まされ、また反省しながら、今回ここに反映することができました。今やっとわたしは、これがわたしの原点であると言い切ることができます。

そうだ、もう一つ裏話をし忘れるところでした。そもそもなぜこんなタイトルをつけたか。ニューアカの元夫が、精神分析のメラニー・クラインが書いた「良いおっぱい」と「悪いおっぱい」という概念《ターミネート》について、集英社文庫版のあとがきで触れていますが（それは諸般の事情で割愛しました）。思い起こせばあの育児の日々、何を思ったか元夫が、アカンボにチチをやるわたしを見ながら、ふと、メラニー・クラインのことを話してくれたんです。それを聞いてるうちに、おっぱいに「良い」も「悪い」もないじゃんと思いつつ（わたしは精神分析についてはいたって無知です）わざわざ対にしてあるとこが気に入って、ちょうど考えていた本のタイトルにお借りしました。クラインさんにはお断りもしてませんので、今ここであらためて二五年間分のお礼を申し上げます。

さてもう行かなくちゃ。二五年後のわたしは、二五年前のわたしをここに置いて、今やりかけの、更年期と老いと死をみつめる仕事にもどります。読み終えてくださった読者のみなさん。一瞬一瞬変化するわたしたちの生理を、これからも思いっきり楽しんでくださいますよう。

二〇一〇・六・三〇　伊藤比呂美

『良いおっぱい 悪いおっぱい』
単行本　一九八五年十一月　冬樹社刊
文庫　一九九二年七月　集英社刊

本書は集英社文庫版『良いおっぱい 悪いおっぱい』を底本とし、加筆・修正・改題したものです。

DTP　ハンズ・ミケ

中公文庫

良《よ》いおっぱい 悪《わる》いおっぱい
──〔完全版《かんぜんばん》〕

2010年8月25日　初版発行
2010年12月25日　再版発行

著　者　伊藤比呂美《いとうひろみ》

発行者　浅海　保

発行所　中央公論新社
〒104-8320　東京都中央区京橋2-8-7
電話　販売 03-3563-1431　編集 03-3563-3692
URL http://www.chuko.co.jp/

印　刷　三晃印刷

製　本　小泉製本

Published by CHUOKORON-SHINSHA, INC.
Printed in Japan　ISBN978-4-12-205355-7 C1195

せ-1-6
寂聴 般若心経 生きるとは
瀬戸内寂聴
仏の教えを二六六文字に凝縮した「般若心経」の神髄を自らの半生と重ね合せて説き明かし、生きてゆく心の拠り所をやさしく語りかける、最良の仏教入門。
201843-3

せ-1-8
寂聴 観音経 愛とは
瀬戸内寂聴
日本人の心に深く親しまれている観音さま。人生の悩みと苦難を全て救って下さると説く観音経を、自らの人生体験に重ねた易しい語りかけで解説する。
202084-9

せ-1-9
花に問え
瀬戸内寂聴
孤独と漂泊に生きた一遍上人の俤を追いつつ、男女の愛執からの無限の自由を求める京の若女将・美緒の心の旅。谷崎潤一郎賞受賞作。〈解説〉岩橋邦枝
202153-2

せ-1-12
草 筏
瀬戸内寂聴
愛した人たちは逝き、その声のみが耳に親しい――。一方血縁につながる若者の生命のみずみずしさ。自らの愛と生を深く見つめる長篇。〈解説〉林真理子
203081-7

せ-1-15
寂聴 今昔物語
瀬戸内寂聴
王朝時代の庶民の生活がいきいきと描かれ、様々な人間のほか妖怪、動物も登場する物語。その面白さを鮮やかな筆致で現代に甦らせた、親しめる一冊。
204021-2

Cみ-2-1
ブッダと女の物語
瀬戸内寂聴 原作
水野英子 作画
妻ヤソーダラーをはじめブッダがその生涯で出会った10人の女たち。愛と煩悩との狭間に揺れ動く彼女らの姿を通して、ブッダの教えを浮き彫りにする。
205254-3

た-15-4
犬が星見た ロシア旅行
武田百合子
生涯最後の旅を予感した夫武田泰淳とその友竹内好に同行し、旅中の出来事や風物を生き生きと捉え克明に描く。読売文学賞受賞作。〈解説〉色川武大
200894-6

た-15-5
日日雑記
武田百合子
天性の無垢な芸術者が、身辺の出来事や日日の想いを、時には繊細な感性で、時には大胆な発想で、心の赴くままに綴ったエッセイ集。〈解説〉巖谷國士
202796-1

各書目の下段の数字はISBNコードです。978－4－12が省略してあります。

た-15-6
富士日記（上）
武田百合子
夫泰淳と過ごした富士山麓での十三年間の日々を、澄明な目と天性の無垢な心で克明にとらえ天衣無縫な文体でうつし出した日記文学の傑作。田村俊子賞受賞作。
202841-8

た-15-7
富士日記（中）
武田百合子
天性の芸術者である著者が、一瞬一瞬の生を特異な感性でとらえ、また昭和期を代表する質実な生活をあますところなく克明に記録した日記文学の傑作。
202854-8

た-15-8
富士日記（下）
武田百合子
夫武田泰淳の取材旅行に同行したり口述筆記をする傍ら、特異の発想と表現の絶妙なハーモニーで暮らしの中の生を鮮明に浮き彫りにする。〈解説〉水上 勉
202873-9

た-22-2
料理歳時記
辰巳浜子
いまや、まったく忘れられようとしている昔ながらの食べ物の知恵、お総菜のコツを四季折々約四百種の材料をあげながら述べた「おふくろの味」大全。
204093-9

た-80-1
犬の足あと 猫のひげ
武田 花
天気のいい日は撮影旅行に。出かけた先ででくわした奇妙な出来事、好きな風景、そして思い出すことどもを自在に綴る撮影日記。写真二十余点も収録。
205285-7

は-45-2
強運な女になる
林 真理子
大人になってモテる強い女になる。そんな人生ってカッコいいではないか。強くなることの犠牲を払ってきた女だけがオーラを持てる。応援エッセイ。
203609-3

よ-36-1
真夜中の太陽
米原万里
リストラ、医療ミス、警察の不祥事…日本の行詰った状況を、ウイット溢れる語り口で浮き彫りにし今後のあり方を問いかける時事エッセイ集。〈解説〉佐高 信
204407-4

よ-36-2
真昼の星空
米原万里
外国人に吉永小百合はブスに見える？ 日本人没個性説に異議あり！「現実」のもう一つの姿を見据えた激辛エッセイ、またもや爆裂。〈解説〉小森陽一ほか
204470-8